1NIGHT@221B-BS.COM

R.J. Nieto-Sandoval

1NIGHT@221B-BS.COM

Éditeur : BoD-Books on Demand
12-14 rond-point des Champs-Élysées, 75008 Paris
Impression : Books on Demand, Norderstedt, Allemagne

Illustration : Catherine Nieto-Sandoval

ISBN: 9782322222506
Dépôt légal : 05-2020

A la Famille, et aux petits souvenirs !

Table des matières

Etude de
Projet
Immobilier

Pour Catherine et Louise.

« La question du jour, reprit-il, c'est l'hémoglobine ! Vous comprenez sans doute l'importance de ma découverte ? »

Etude en Rouge – 1887 - Arthur Conan Doyle

CHAPITRE 1

«Toute cette agitation doit cesser!

- Nous sommes bien d'accord… Mais comment faire Sir Humphrey? Là est toute la question. »

Réunis, les élus du Conseil Municipal de Westminster débattaient d'un point de l'ordre du jour un peu particulier. Un point sur lequel cependant tous pensaient pouvoir se mettre d'accord.

Un modeste appartement d'un quartier de Westminster avait été la demeure de quelqu'un de relativement célèbre. A sa disparition, la demeure était devenue comme un lieu de pèlerinage, presque de recueillement.

Appartenant à la Couronne depuis la mort de sa dernière propriétaire, le bien était laissé en l'état de quasi abandon, mais n'en attirait pas moins les curieux, les touristes et surtout les admirateurs.

Les riverains, dont certains très influents dans le monde de la Finance notamment, et groupés sous l'Association «Peace in the Neighborhood», demandèrent des mesures radicales et immédiates aux Autorités.

Tous les élus de Westminster étaient donc d'accord pour dire que la situation ne pouvait pas durer, cependant les solutions proposées n'étaient jamais satisfaisantes. Il a été ainsi question d'ouvrir un Musée, mais les riverains n'auraient pas compris la démarche. Et la colère se serait fait sentir aux prochaines élections…

La destruction était également inenvisageable, le bien faisant partie d'une copropriété. L'idée d'une protection policière comme pour les lieux de culte fut également mise sur la table. Cependant, les finances actuelles faisaient qu'il devenait impossible de maintenir cette initiative très longtemps.

«Et bien, vendons le.»

Tous les visages se tournèrent vers Lady Rowena.

«Cependant…

- Voyez vous une meilleure alternative très chers? Cela fait des années que ce problème revient encore et encore. Il est temps de prendre enfin des mesures, afin de montrer aux habitants que nous agissons, que nous justifions nos mandats!

- De mon point de vue, Lady Rowena a trouvé une solution radicale mais qui mérite qu'on s'y attarde…il s'agit d'une idée simple et peut être définitive, pouvant en plus rapidement être mise en œuvre.

- Merci Sir Humphrey.

- Je sais qu'il s'agit là d'un problème que nous reportons à chaque session; partons sur cette hypothèse de travail, grommela Sadiq Rotani. Même si le fait de vendre ce bien m'incommode. N'est ce pas comme si nous vendions notre patrimoine?

-Mais nous ne sommes pas Communistes, nous ne sommes pas Français non plus, que diantre Rotani! S'emporta Sir Humphrey.

Combien de grandes maisons ayant appartenues à des célébrités ont été vendues, transformées en hôtels par exemple? Combien de nos plus beaux châteaux vendus à des Chinois et nos meilleurs Clubs de football vendus à des milliardaires Russes… Nous n'avons pas les moyens d'entretenir tous ces biens. Soit ces biens évoluent, soit ils disparaissent petit à petit. *C'est la vie.*

- Quand bien même aurions-nous les moyens, nous préférons investir ailleurs! Les nouvelles technologies, le tourisme vert, l'éducation, la sécurité mais sur les lieux importants, cela va sans dire, susurra un député qui n'avait pas encore parlé.

- J'entends tout cela également, mais comme M. Rotani, je pense que si nous nous penchons sur cette hypothèse de travail, des précautions devront être prises. Après tout, ce bien n'a pas évolué…mais n'a pas disparu non plus, répondit son voisin.

- Ecoutez chers collègues, que diriez-vous de nous pencher sur des mesures simples et efficaces, pour cette vente, étant donné que nous sommes tous d'accord? Coupa Lady Rowena qui tenait à garder la main sur ce débat.

Après une étude que j'ai mené personnellement, et je vous prie de croire qu'elle le fut de manière rigoureuse, les points qui sont essentiels sont:

* Le prix à débattre, dans notre assemblée bien entendu, après réception de 3 devis d'agences différentes, ne vous en faites pas Messieurs

* Le nouveau propriétaire devra en faire son habitation principale.

* Une vente en l'état, avec l'ensemble des travaux à sa charge bien entendu.

* Le nouveau propriétaire devra être Britannique.

* Et afin que le problème ne revienne pas sur la table, nous parlons d'une vente en Free Hold.

- Ces propositions me semblent parfaitement pertinentes. La seule sur laquelle je tique est la nationalité de l'acquéreur. Nous ne sommes plus sous Victoria, nous pourrons privilégier les Britanniques, et encore j'avoue ne pas bien voir comment…

- A ce moment-là, une vente aux enchères au gens la sensation que le bien reste à la Maison, à leur portée, avec la possibilité de «jouer et gagner». De plus, cela pourrait aider à faire passer la pilule aux récalcitrants.

- Pour faire plaisir à Rotani, gloussa Sir Humphrey, nous mettrons même une plaque commémorative.

- Pas d'objections à la vente aux enchères dudit Bien? Non? Et bien c'est donc entendu, l'Administration prendra en charge le dossier pour son exécution dans les plus brefs délais.

Merci chers collègues, nous pouvons continuer et aborder le point suivant de l'Ordre du Jour, les autorisations des marchés ambulants sur Abbey Road…»

Cet accord, durement arraché, ainsi que la décision un an auparavant d'interdire les jeux de ballons dans le Saint James Park, étaient de parfaits exemples du «pourquoi» de son engagement en politique. Depuis cinq ans qu'elle était entrée en Politique dans le parti conservateur, pas un jour ne lui avait semblé inutile. D'ailleurs, pensa t elle, qu'est ce qui bougerait si elle n'était pas présente à toutes les réunions du Conseil?

Lady Rowena eut l'impression, au sortir de cette réunion, de rentrer dans l'Histoire.

CHAPITRE 2

Lorsque le Commissaire Priseur de la Cité de Westminster était rentré dans la salle dévolue aux enchères des bien immobiliers et avait jeté un coup d'œil aux participants présents, qui étaient au nombre de 4, il avait pensé avec un semblant de sourire aux lèvres «*une Maison Vide*».

Quelle mouche avait donc poussé le Conseil Municipal pour cette vente si rapide? N'étions nous pas en pleine période estivale, au moment même où les Anglais préfèrent fuir Londres pour Bath ou Brighton? Une belle campagne de communication afin de faire monter les enchères aurait été envisageable afin de vendre ce bien. Londres aurait été au centre du monde le temps de cette vente!

Et puis comment espérer cependant compter sur une marge intéressante avec un si petit nombre de participants?

Le temps des politiques n'était décidément pas le temps du bon sens, soupira le Commissaire Priseur. Si ces beaux messieurs dames du Conseil voulaient une vente rapide, leur souhait aura été exaucé au delà de toute espérance. Après tout, ce sera leur responsabilité.

Avant d'ouvrir la vente, le Commissaire-Priseur s'attarda quelque peu aux personnes. Il peut distinguer trois étrangers et un Anglais. Son compatriote devait avoir fait le même constat, jouant et surjouant même au possible de son image d'insulaire.

Les continentaux auraient-ils une part de raison lorsqu'ils évoquaient le complexe de supériorité des Anglais?

Cependant, des quatre personnes présentes dans la salle ce jour-là, une personne seulement avait manifesté une volonté claire et sans ambages d'acquérir l'appartement. Il n'avait pas joué et avait attendu les premiers tours de chauffe, qui semblèrent ridicules par ailleurs au Commissaire Priseur. Ce dernier, de peur qu'aucun des participants ne soient hors jeu dès le début avait fixé un prix de départ d'1 million de livres hors frais administratifs.

«3 millions de livres.

- 3 millions de livres, nous avons une proposition ici de 3 millions de livres! Qui dit mieux! C'est la chance d'une vie messieurs, ne la laissez pas passer!»

Le silence se fit pesant quelques instants, mais le Commissaire Priseur, estimant que la comédie avait assez duré, délivra tout le monde:

«3 millions de livres, adjugé!»

CHAPITRE 3

Simon Berlin ouvrit la porte, et monta lentement les 17 marches qui le conduisirent à une belle pièce à vivre, lumineuse, donnant sur la rue.

Inconsciemment, il se dirigea vers les fenêtres d'où le Grand Homme observait ses futurs clients et s'amusait de leurs hésitations. Le point de vue était parfait, dominant parfaitement la rue. En outre, avec le contre-jour, l'appartement n'était guère visible d'en bas. Un fauteuil confortable à cet endroit là lui parut alors une évidence.

Satisfait, il fit lentement le tour de la pièce à vivre. Comme certains lieux historiques, l'atmosphère était particulière, Simon Berlin s'y sentit comme apaisé. Tout est question d'ambiance et quelque chose se dégageait bien de cette espace, bien plus grand cependant qu'on se l'imaginait.

Il contempla la cheminée dont le manteau en bois avait souffert, en témoignaient d'importantes éraflures ci et là. Restaurée, tout en gardant les traces de son passé, elle sera superbe, pensa le propriétaire. Dessus, deux beaux chandeliers et une horloge qui ne fonctionnait plus, le tout surmonté d'un miroir, complétaient le tableau.

«Je suis désolé pour votre système de classement Maître, mais je devrai faire la poussière.»

Deux grandes bibliothèques en chêne, vides cependant, encadraient la cheminée.

Habitué aux armoires et étagères à monter soi-même, Simon Berlin toucha pour la première fois de sa vie du bois massif.

Ses pensées étaient néanmoins ailleurs, comme c'est dommage qu'il n'y ait pas retrouvé certaines monographies, ou d'autres écrits!

Il entra ensuite dans les deux belles chambres attenantes. Il aurait voulu garder le meilleur pour la fin et terminer par celle-là, mais il n'y tint plus, il commença d'abord par la chambre du Grand Homme. Sans savoir pourquoi, une petite déception l'envahit. Mais qu'attendait-il au juste? Pas de trace de violon hélas, ni de pipe, ni de photo de «La Femme».

Juste une belle armoire, ainsi qu'un cadre de lit, et un petit bureau avec sa chaise, le tout là aussi en bois massif, sans oublier une petite cheminée. Une seule grande fenêtre à doubles battants, donnant sur Baker Street, illuminait bien la pièce.

Simon remarqua qu'il était sorti assez rapidement de la pièce, et sourit intérieurement. Avait-il été inconsciemment intimidé?

Il passa ensuite dans la chambre du colocataire et biographe du Grand Homme. Une pièce aux dimensions plus modestes, avec une fenêtre plus petite donnant sur la cour intérieure de l'immeuble.

Il chercha, au cas où, une malle mais n'en trouva point. Comme pour la première chambre, l'armoire, le cadre de lit ainsi que la petite cheminée étaient bien là.

Un désordre attira rapidement son attention sur le bureau et il commença à transpirer: y étaient entassés tous les numéros du Strand Magazine, à partir de 1891 et ce jusqu'en 1935. Berlin n'avait pas d'idée d'estimation de ce trésor, mais comment se fait-il que cela ait échappé aux «pilleurs de tombes»? C'est vrai que ça avait l'air de vieux mensuels posés sur un bureau mais tout de même, *il suffisait de regarder.*

Contrairement à ce qu'il avait fait précédemment, cette fois, il prit son temps, s'assit et commença à feuilleter les magazines, et relire les passages de ses aventures favorites. Et il était enfin heureux, oubliant tout et tous, se transportant dans le temps et l'espace avec ses héros. Des héros dont les aventures avaient toutes débutées à l'endroit même où il se trouvait. Que c'était exaltant, impossible de rester indifférent à cette magie qui se dégageait!

Cette chambre était plus petite que l'autre, avec vue sur cour de surcroît. Mais contrairement à l'autre, cette chambre pensait-il était à «taille humaine». Simon Berlin était heureux.

Un bon nettoyage, quelques coups de peinture, et surtout un réaménagement s'avéraient indispensable afin de pouvoir vivre ici correctement.

Le nouveau propriétaire, aux anges, voyait déjà exactement l'emménagement à mettre en place. «Mais, sourit-il, je n'ai pas de mérite. Tout a déjà été fait, et il n'y aura rien de nouveau sous le soleil. A part peut être le WIFI et une cuisine.»

Les tracasseries administratives étaient désormais derrière lui, il pouvait désormais se consacrer à la partie la plus intéressante: comment rendre vivable cet appartement vide, sans toucher à son esprit?

Dès qu'il avait poussé la porte d'entrée, il avait senti l'atmosphère particulière des lieux. Ici étaient entrées les personnes les plus illustres de la fin du 19ème et début 20ème siècle, ici s'étaient joués les destins les plus incroyables, ici enfin avaient été contées les histoires les plus extraordinaires.

Simon Berlin était le nouveau propriétaire du 221B Baker Street.

CHAPITRE 4

Finalement, plus de trois mois de travaux avaient été nécessaires pour rendre à l'appartement son lustre d'antan…avec les commodités d'aujourd'hui. Simon Berlin n'avait pas regardé à la dépense, sachant que désormais sa vie serait liée à cet endroit mythique.

Les mesures de chaque pièce étaient enfin définies: salon 50 m2, la chambre qui avait été celle de M. Sherlock Holmes mesurait 26 m2, et la chambre qu'avait occupée le Docteur John H. Watson faisait quant à elle 17m2.

Avec l'aide de son ami architecte, Issam Danaraba, il avait ainsi modernisé le tout, rajoutant par exemple une belle cuisine ouverte dans le séjour, et agrandissant légèrement la salle d'eau, sans oublier l'ajout essentiel d'une salle d'eau, avec wc et douche dans les chambres, remplaçant les cheminées.

Le concept général était de respecter l'idée que Berlin avait du 221B, un lieu intimiste où les gens racontaient leurs aventures, leurs histoires, leurs vies, en toute confiance. L'agencement et la décoration du plus célèbre des locataires étaient connus, il fallait à présent le rendre concret.

Issam Danaraba regardait son ami et cherchait à comprendre pourquoi son ami, journaliste puis écrivain jouissant d'un certain succès empruntait ce nouveau chemin, qu'il jugeait totalement hors de ses compétences. C'est lors de leur dernier café, au dernier jour des travaux, qu'il entama la discussion.

«Une chambre d'hôte… c'est original en tout cas Simon!

- Ce sera une habitation principale mon ami, je compte m'installer dans la chambre du docteur Watson et louer celle de M. Holmes…

- Tu repars dans des collocations comme lorsque tu habitais à Caracas ou Barcelone! A plus de 40 ans! Ce n'est pas comme si tu étais étudiant ou en galère pour payer un loyer seul tout de même. Qu'est ce que tu vas faire dans cette galère? En plus tu prends la plus petite des chambres!
Ne me dis pas que c'est une question d'argent Simon, tes livres se vendent comme des petits pains et...»

Issam s'arrêta de parler, conscient du regard particulier que lui lançait son ami. Et l'observa avec attention pour la première fois depuis longtemps. Il remarqua que l'attitude, le langage corporel de son ami n'était plus le même que d'habitude. Il ne savait pas quoi précisément, mais un «je ne sais quoi» venait perturber l'ensemble. Depuis quand? Pourquoi ne l'avait-il pas remarqué avant?

«Tu as raison Issam, ce n'est pas un besoin d'argent. J'ai certes dû faire un emprunt pour obtenir le 221B mais rien de fou. Après même si je ne suis pas exigeant, j'aime un certain niveau de vie, le confort et tout ce qui va avec.

- Cesses tes boutades Simon, je suis sérieux.

- Depuis mon dernier roman, je n'y arrive plus...je n'ai plus d'idées, de concept à pousser à fond pour pondre quelque chose. J'ai toujours été quelqu'un de prolifique, sans jamais de problèmes d'inspiration, *cela venait*. Toutes les idées n'étaient pas heureuses, évidemment, mais il y avait une dynamique constante. Mais depuis la dernière parution, rien. Le vide. Le néant. Le nul. Le rien.

- Mais ça va revenir, tu t'es peut être trop exigé...

- Non! Je me connais quand je suis fatigué, je sais quand j'ai trop tiré sur la corde. Je sais également quand je n'ai pas envie. Là, vois-tu Issam, c'est différent. Parce que j'ai envie, vraiment envie, et que je ne peux pas. C'est comme si un ressort avait lâché et tout le mouvement ne se mettait pas en branle.

On dit souvent que celui qui veut, peut. C'est faux, une illusion ou un mirage pour les gens sans perspective qu'on veut consoler par l'action. Celui qui peut, veut ou pas. Et celui qui ne peut pas, ne fait rien et ne peut rien vouloir».

Issam se leva pour prendre un biscuit. Quand commençaient les discussions sérieuses, l'architecte aimait toujours avoir un peu de sucre près de lui.

«Très bien. Du coup tu changes Paris pour Londres et tu te dis que les fish and ships et les bonbons chocolats menthe vont faire revenir les muses? Quel est le rapport entre tes problèmes d'inspiration et cet achat immobilier?

- Le 221B sera le déclencheur.

- Pardon?

- Je te dis Issam que je crois que je n'ai plus le plus le ressort qui fait s'enclencher la mécanique. *Kaputt.*

J'ai deux solutions en attendant que ça revienne. Si ca revient d'ailleurs.

La première solution est d'aller louer un gîte rural dans le Vercors ou dans une zone bien perdue du Jura, de me lamenter sur mon sort, en implorant les jours de pluie tous les dieux de l'Inspiration de bien vouloir me la rendre.

Et la seconde solution est apparue seule lorsque j'ai ouvert le journal il y a quelques mois et que j'ai lu que les Autorités Anglaises voulaient se débarrasser du 221B! J'ai tout lâché et suis venu me battre pour l'avoir. Car vois-tu Issam, les gens qui seront accueillis peuvent être, ou plutôt leurs histoires peuvent être, les déclencheurs dont j'ai besoin. Peut être qu'alors mes idées reviendront, qu'une certaine inspiration reviendra!

- Tu veux prendre des gens qui vont te raconter des histoires? » Le tour de la conversation commençait à inquiéter Issam.

« Il y aura certaines conditions pour venir au 221B, c'est vrai.» Simon Berlin tendit alors à son ami l'annonce qu'il avait fait paraître sur les sites de location de particulier à particulier:

Loue chambre de M. Sherlock Holmes au 221B Baker Street, Londres Tarif 899, 00 € / nuit, dîner et petit déjeuner inclus

Conditions: le ou la locataire sera sélectionnée en fonction d'une histoire à conter de vive voix au Propriétaire, qui sera libre de s'en inspirer pour ses écrits ultérieurs sans possibilité de recours. Merci d'adresser votre candidature au 1night@221b-bs.com

Issam lut l'annonce et ne put s'empêcher de rire:

«Mais tu auras des locataires à ce prix la?! Car si tu m'annonces ce tarif, je file dans les meilleurs établissements de Londres!

- Issam, mon ami, des fois la lumière ne monte pas… peut être parce que tu es grand.

J'ai reçu plus de 526 demandes sur ma boîte mail… j'ai posté mon annonce il y a moins de 4 jours.

Ces personnes ne veulent pas d'une salle de bain en or ou d'un coussin ayant remporté le prix du moelleux de l'année. Ces gens recherchent le véritable luxe, c'est-à-dire l'expérience unique et historique. Passer un moment dans un lieu ou se sont affrontés Holmes et Moriarty par exemple est unique.»

Simon Berlin regarda autour de lui et fut ravi du résultat. Sa nouvelle vie commençait.

Saint Maur, Février 2017

Le Premier Problème

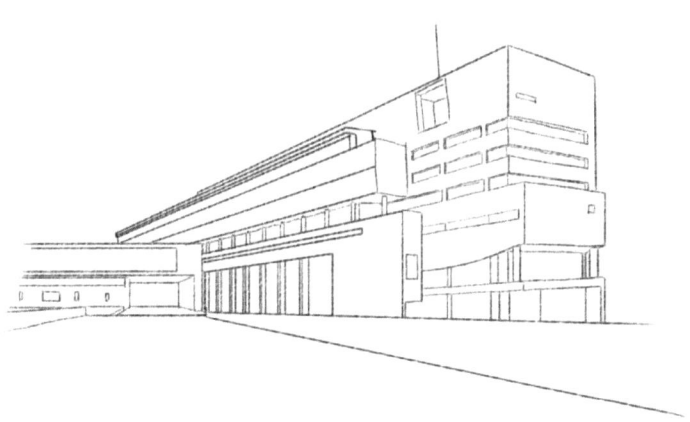

Pour Julien F., né pour courir !

« C'est que [le coup] a été commis par un homme qui n'a pas le droit de ne pas être infaillible, car sa situation, qui est unique, repose sur le fait qu'il doit réussir tout ce qu'il entreprend. Une grande intelligence et une puissante organisation se sont appliquées à la perte d'un homme. Sans doute, prendre un marteau pour casser une noisette, c'est pousser l'énergie à l'absurde, cela tient de l'extravagance ; mais enfin, la noisette est cassée. »

La Vallée de la Peur – 1915 - Arthur Conan Doyle

CHAPITRE 1

"Vous m'avez ... COMPRIS!"

Une foule en liesse et compacte dans cette salle du Dôme, brandissait des drapeaux français et des écharpes tricolores dans un brouhaha puissant, uniquement portée par la voix de l'orateur.

Le Maire tout juste élu, Jules Fauchère, s'époumonait dans un discours qu'il voulait poignant et qui surtout faisait deviner l'homme de lettres. Bien que relativement jeune, il arborait une canne qu'il faisait virevolter, et lui, allait et venait sur l'estrade.

"Oui, vous m'avez compris chères Pontoisiennes, chers Pontoisiens, et vous m'avez fait CONFIANCE pour écrire une nouvelle page de l'Histoire de cette grande et belle ville! Mais n'oublions pas, surtout pas: *Ab Origine Fidelis*! Soyons fidèles à nos origines...pour envisager un superbe avenir!

2000 ans d'Histoire nous contemplent mes Amis. Nous tournons les yeux et çà et là apparaissent la Chaussée Jules César, le Mont Bélien, l'Abbaye Saint Martin... et tant d'autres lieux qui résonnent de notre Identité!

Pontoise est un Espace qui tient dans le Temps. Dont l'avenir ne peut s'écrire qu'à travers des fulgurances culturelles. Mes prédécesseurs l'avaient bien entendu, eux qui ont fait de l'idée de la connexion avec Cergy une des belles priorités pour donner vie à ce qui est aujourd'hui une des universités les plus reconnues du Monde. Rendez-vous compte! L'Université de Cergy-Pontoise, égale d'Harvard, de Salamanque ou de la Sorbonne!

Le Maire fit une pause, sortit son mouchoir brodé avec lequel il s'épongea les tempes, but une gorgée d'eau sucrée et ferma les yeux quelques secondes. "Un instant d'éternité" pensa-t-il. Quand il les rouvrit, il regarda la foule sérieusement et continua plus lentement, en faisant attention à parler plus bas, comptant sur une attention encore plus accrue.

"Nous allons continuer à prendre notre Avenir en main mes Amis... comme je vous l'avais promis pendant la campagne nous allons faire de la Culture et la Formation notre axe de développement principal...

Pas plus tard que la semaine prochaine, je commencerai ainsi un voyage qui m'amènera à Boblingen, à Geleen et à Sevenoaks. En ces temps obscurs nous devons resserrer nos liens de villes jumelles! Notre jeunesse doit pouvoir être ouverte sur l'Europe, sur le Monde! Et quelle plus belle fortune que de pouvoir savoir des portes ouvertes en Allemagne, aux Pays Bas et en Angleterre?

Je sais, Pontoisiennes et Pontoisiens, que des accords étaient en passe d'être signés avec des promoteurs et des industriels pour faire du Parc du Château de Marcouville une zone d'activité…

Mais est-ce là la meilleure façon de redynamiser notre Espace de façon pérenne? Je ne le crois pas, Non, je ne le crois pas! Nous consacrerons du temps et de l'énergie pour trouver des partenaires qui s'engageront avec nous pour que ces 6 hectares en plein centre ville ne trahissent pas la Ville d'Art et d'Histoire que nous sommes!"

Les applaudissements s'intensifièrent. Mais au fond de la salle, un homme se raidit et se leva. Un seul petit commentaire s'échappa subrepticement de ses lèvres "Et bah… Pastèque…" La porte qui se referma pourtant bruyamment derrière lui n'attira aucun regard.

CHAPITRE 2

La campagne avait été relativement courte mais intense. Le Candidat avait tenu à rencontrer le plus d'habitants possibles, pour échanger avec eux et leur expliquer son projet, pour cette ville qu'il connaissait tellement bien.

C'était en effet sa ville, tout le monde le connaissait bien, lui qui avait été serveur au Bar Celtique, vendeur de meubles à Demeures du Monde, l'étudiant toujours assidu, et à présent Professeur de Littérature du Siècle d'Or Espagnol à l'Université de Cergy-Pontoise. Il avait vécu mille vies et voulait vivre sa mille et unième en étant au service de sa ville. Mais alors qu'il avait été courtisé par trois partis politiques prêts à jouer leurs mécaniques lors de la campagne, il avait tenu à se présenter sans étiquette. Certes avec moins de moyens et moins d'expérience mais libre de pouvoir appliquer ses idées, et sans attache, au moment de prendre des décisions qui pouvaient aller à l'encontre de quelque intérêt que ce soit.

Il n'avait eu de cesse d'arpenter sans arrêt les rues, de converser avec les petits commerçants, les personnes âgées et les étudiants. Les Pontoisiens rencontrés étaient fiers qu'un des leurs demande à les représenter.

Lorsqu'une de ses conseillères lui fit part du peu de pertinence d'un déplacement d'après elle, sa voix claqua, glaciale, "il n'y a pas de gens de peu".

Les urnes donnèrent leur verdict. Personnalité reconnue, il était venu à bout de ses concurrents. Jules Fauchère était élu avec plus de 59% des voix.

Il n'avait pas voulu faire son discours inaugural sur la place de l'hôtel de ville, craignant les aléas météorologiques. Un "lieu de culture et de tradition" avait-il exigé à ses équipes, qui avait réussi à louer le Dôme, lequel permettait de faire entrer un grand nombre de ses futurs administrés. "Et pas de pupitre, je veux un micro cravate et pouvoir aller au contact! Au contact!"

C H A P I T R E 3

"Bonjour Madame, M. Xanat de Gault m'a fait demander, je suis Daniel Ernesto Vano."

La secrétaire détacha les yeux de son écran et aperçut un homme d'environ 40 ans, d'à peu près 1m70, habillé d'un simple sarouel noir et d'un sweat bordeaux délavé avec un col étrangement haut.

"Envoyez une voiture chercher M. Vano au Bourget". Ce vendredi matin, Narjis Medal avait reçu et exécuté les ordres de son patron, comme d'habitude. Ce qui était certes moins habituel était le profil de l'homme qu'elle avait à présent en face d'elle. Un homme qui, avec sa barbe de 3 jours, pouvait passer inaperçu dans le marché de Cergy Saint Christophe. Que diable allait faire Xanat de Gault, un homme si important, avec ce genre d'individu?

"Je préviens Monsieur de votre arrivée immédiatement."

L'homme put écouter le grésillement:

"Oui, faites le monter DE SUITE. Ah ! Et annulez tous mes autres rendez-vous de la matinée."

Cette fois, Narjis Medal regarda plus attentivement son interlocuteur, et remarqua des yeux verts en amande qui la fixaient. Et des mains fines, comme des mains de femme.

"Si vous voulez bien me suivre Monsieur Vano".

Un long couloir mena à une très grande pièce baignée de lumière, faisant face à l'Hôtel de Ville de Pontoise.

"Narjis, veuillez nous faire apporter des cafés. Dites au Chef Choux de nous apporter de quoi nous sustenter. Prenez votre journée, mais venez me chercher à 21h00 ce soir ... nous avons à faire.

- Bien Monsieur".

Xanat de Gault regarda enfin son interlocuteur, et lui indiqua un des fauteuils lui faisant face.

"Buenos dias Sr Vano.

- Buenos dias Sr De Gault."

Les yeux verts se fixèrent sur le maître des lieux:

"Usted sabe que no tengo por costumbre de…. digamos, desplazarme..

- Y le agradezco el detalle Sr. Vano, mucho... Pouvons-nous continuer en français? Mon espagnol est un peu rouillé depuis que j'ai quitté Murcie, il y a de cela quelques années.

Vous connaissez l'Andalousie? Gros potentiel, gros potentiel…

- Nous pouvons parler en français Monsieur de Gault. Et je suis certain que votre temps est précieux.

- Certes, certes…

Les cafés posés sur la table, Narjis Medal ferma la porte.

CHAPITRE 4

Il faisait un temps merveilleux à Londres, loin du maussade habituellement véhiculé par les clichés continentaux… "Attention mon tout bon, tu commences à concevoir la vie comme les Insulaires". Simon Berlin sourit intérieurement de sa petite boutade et alla se servir une tasse de café.

Il promena son regard à travers la belle pièce de vie, satisfait comme toujours du ménage effectué par la compagnie de nettoyage. Son dernier locataire était en effet parti avant hier, et comme après le départ de chaque locataire, l'appartement avait droit à un nettoyage intégral.

"Quoi de neuf
 Devant mon œil de bœuf?" se demanda-t-il gourmand avec l'appétit d'un voyeur, en se lovant dans son fauteuil préféré qui faisait face à la fenêtre.

Une belle activité régnait sur Baker Street ce matin, avec le va-et-vient des livreurs de marchandises et les enfants partant pour l'école. Il remarqua également beaucoup de mouvement dans le nouveau restaurant italien qui allait ouvrir ses portes dans la semaine; Il était heureux car il calculait qu'il serait exactement à moins de 255 secondes à vol d'oiseau de ce lieu qui promettait d'être enchanteur. Simon Berlin adorait manger, et la cuisine italienne était l'un de ses péchés mignons. Comme la cuisine vénézuélienne et la cuisine espagnole, et la cuisine turque, et...et tant d'autres...

Le propriétaire du 221B Baker Street avait décidé de commencer à écrire sur certaines des aventures qu'il avait écouté ces six derniers mois; l'aventure saugrenue du chat géant de Sainte Marthe l'intéressait particulièrement, mais le monde n'était peut être pas prêt a entendre cette histoire... Ou alors les péripéties de Mme Harika Sato qui mettait des chaussures 5 tailles au dessus de sa pointure pour aller se promener sur la Place Catalogne à Barcelone... Simon Berlin commençait à avoir de très solides pistes d'inspiration pour recommencer à travailler. Peu à peu, il sentait le "frisson créatif" revenir.

Berlin posa son café et rentra dans sa salle de bain de laquelle, peu coquet mais néanmoins exigeant, il n'en sortit que ¾ d'heures après.

Il se chaussa, mit sa casquette et sortit dans Baker Street; L'objectif de la matinée étant d'aller constater l'avancement des travaux dans le restaurant italien, d'acheter les journaux sportifs ainsi que ses *Frescolitas*, ce soda vénézuélien qu'il pouvait boire sans soif.

Rassuré par un homme qui semblait être le futur propriétaire quant à l'ouverture du restaurant dans la semaine, et ses modestes emplettes rapidement effectuées, il se dirigea vers Regent's Park, afin de profiter un peu de ce grand soleil qui apportait une illusion de chaleur. Etait-ce le même qu'à Caracas? Et si on lui avait menti à propos du système solaire, et qu'il y ait en réalité plusieurs soleils?

Un banc lui tendant les bras, il ouvrit le journal ASI, qui avait ses préférences, souvent pour les éditoriaux d'Alfredo Bolona qui lui semblait le meilleur commentateur sportif. Bon, après Juan Troba évidemment. Il n'avait pas connu le légendaire Lazaro Candal.

"Boca Junior vs River Plate", la finale de la Copa Libertadores à la Bombonera qu'il attendait depuis si longtemps avait malheureusement été reportée à cause de la pluie, la nuit dernière à Buenos Aires. Au moins ce ne furent pas les violences qui avaient été en cause. Il était important à ses yeux que cet événement sportif, catalogué par un expert britannique comme l'un des cinq événements sportifs majeurs à voir dans une vie, ne soit pas entaché par quelque chose de honteux.

Mais enfin, qu'il y ait de la pluie à Buenos Aires et du soleil à Londres était pour le moins cocasse.

Il avait fini de lire ses journaux et se sentait prêt à commencer sa journée d'écriture. Simon Berlin se dirigea donc chez lui et une grande surprise l'attendait à son arrivée. Son grand ami Jules Fauchère patientait devant la porte du 221B.

Un "je-ne-sais-quoi" avait instinctivement gêné Simon Berlin, mais il n'arrivait pas à mettre le doigt dessus. Etait-ce le fait que Jules Fauchère était habillé de manière ordinaire et sans sa canne, fait anormal chez lui?

"Monsieur le Maire, je suis heureux de te voir, viens là que je t'accole! Il faut que je te félicite pour cette élection" dit-il en serrant son ami, puis en ouvrant la porte.

- Simon, je suis content que tu sois là! Comme je ne t'avais pas prévenu, j'avais craint que tu ne sois par monts et par vaux.

- Non mon ami, je suis heureusement enchaîné à mon rocher!"

Les deux amis montèrent en silence les 17 marches les menant au salon.

"Je vois que tu n'as pas de valise! Tu loges à l'hôtel Jules, ou tu es juste de passage pour la journée?

- J'ai laissé mes affaires à l'hôtel mais je compte repartir ce soir de toute manière. Et loger au 221B est malheureusement un peu cher pour les finances publiques.

- Un voyage professionnel donc. Que vient donc faire le Maire de Pontoise à Londres?

- Je respecte mes engagements de campagne vois-tu. Je viens de passer deux jours dans le Kent, à Sevenoaks... Tu n'ignores pas que nos villes sont jumelées? Bref, je devais donner une petite conférence à la Sevenoaks School sur ma politique de la ville. L'idée principale du colloque étant la recherche de l'équilibre financier avec une politique d'investissement culturel et orientée vers les jeunes. Mon équipe et moi même avons été très bien accueillis, j'espère sincèrement que nous aurons les mêmes attentions lors des futurs échanges à Pontoise.

- Attends, attends, tu vas me raconter tout cela. Je peux te proposer un café?

- As-tu du thé à la menthe? Avec de la menthe fraîche bien sûr.

- Bien sûr Jules, comment pourrions-nous le boire autrement?"

Simon Berlin ouvrit une des grandes fenêtres et fit signe à quelqu'un en face de la rue. Commencèrent aux yeux de Jules Fauchère une suite de gestes étranges: Simon imita quelqu'un en train de boire, montra les dents, fit le signe 2 avec ses doigts puis mima l'odeur d'un parfum qui arrivait à ses narines, tirant la langue pour finir. Semblant satisfait, il ferma les fenêtres.

Jules Fauchère haussa les sourcils, légèrement amusé et s'assit en silence; face aux fous, il maintenait toujours la même conduite: se taire, s'asseoir et laisser passer les vents de folie. Simon Berlin se dirigea ensuite vers la porte et attendit en comptant à haute voix…

Une personne sensiblement essoufflée arriva avec, sur un plateau, deux mugs de thé, une théière et un grand pot empli de menthe fraîche.

"47 secondes Soufiane! Vous avez battu votre record! Mais comment avez-vous réussi cet exploit?

- M. Berlin, pour tout vous dire, il s'agissait d'une commande d'un client qui est parti sans attendre, c'était donc prêt avant même que vous m'indiquiez ce que vous vouliez! C'est pourquoi je ne vous facturerai pas cette commande.

- Vous avez la grâce d'une gazelle et la gentillesse d'un panda Soufiane. Merci!", fit Simon Berlin le plus sérieusement du monde en se penchant légèrement en avant. Puis il referma la porte.

"La volonté de performance et de dépassement chez certaines personnes est digne d'étude. Vois-tu Jules, c'est très compliqué de monter des marches quatre à quatre avec des tasses et de l'eau bouillante, après avoir fait 15 mètres de sprint et traversé Baker Street. Cependant Soufiane lui, ne recule devant rien. Il m'a avoué que cela lui servait d'entraînement pour le Marathon de New York.

- Et le thé est divin ! Cette menthe est stupéfiante!"

Les deux amis restèrent à savourer leur thé en silence. Quelques longues minutes passèrent et Jules Fauchère soupira:

"On se sent bien ici...il y a une ambiance apaisée je dirais.

- La chambre de Holmes est disponible, si tu veux te reposer un peu et te rafraîchir. Nous te ferons apporter tes affaires. Tu peux y rester ce soir et autant de temps que nécessaire bien entendu"

Jules Fauchère regarda son ami puis pris son téléphone portable:

"Montse, bonjour. Je vais louper mon Eurostar de ce soir (silence de 10 secondes). Oui je sais qu'il est à 20h00 et qu'il n'est actuellement que 11h00. Mais je ne vous demande pas l'heure. Je vous préviens juste que je ne serai pas de retour ce soir et veux que vous me fassiez une réservation dans l'Eurostar de demain à 13h00. Et en seconde classe bien entendu (silence de 15 secondes). Merci Montse."

Puis regardant son ami: "Nous aurons plus de temps!

- Avec grand plaisir, j'en suis vraiment heureux", répondit Simon en se resservant du thé. "Mais j'imagine que ce n'est pas pour me parler de politique municipale que tu souhaites rester davantage et respirer l'air pur de Londres.

- Quelque petites broutilles, des peccadilles, qui te sembleront grotesques. Mais ça permettra surtout de faire quelque bon repas!"

Continuant à deviser de choses et d'autres, riant du passé et s'étonnant de certains présents, ils attendaient que les effets de Jules Fauchère soient livrés au 221B Baker Street.

"On peut dire ce qu'on veut, se reposer dans la chambre de Sherlock Holmes doit être quelque chose d'assez étonnant!

- Pour te dire la vérité, je ne l'ai jamais fait...

- Sérieux?

- Oui, elle est un peu grande pour moi", sourit Berlin

CHAPITRE 5

Quelques heures plus tard Jules Fauchère sortit de la chambre du Grand Homme, les traits moins tirés, vêtu très élégamment et avec sa canne, comme il était de coutume chez lui.

"Les astres recommencent à s'aligner" pensa Berlin.

"La salle de bain est parfaite, spacieuse. Cette douche italienne avec jets m'a redonné vie. Et ce miroir anti buée, j'ai pu me raser après la douche comme j'aime! Et je ne te parle même pas de la literie. Je viens de faire la meilleure sieste dont je me souvienne. C'est ici que je devrais venir en vacances! s'écria Jules Fauchère.

- Tu connais les conditions! Si tu as une bonne histoire, la chambre est à toi autant de temps que tu le souhaites.

- Et bien justement…"

Jules Fauchère se raidit imperceptiblement mais Simon Berlin connaissait son ami. Sa toute première impression, lorsqu'il avait vu son ami sur le pas de la porte du 221B, avait donc été juste.

"Vois-tu, je suis heureux d'être ici, j'ai l'impression de considérer les choses avec plus de recul. *I can see clearly now*, enfin presque", commença Fauchère

"Le soir de l'élection a été magique Simon. Lors de mon discours, je me sentais tel un Bruce Springsteen un soir de concert. Je les tenais tous dans la paume de ma main, tu saisis? J'accélérais le rythme et ils m'accompagnaient, je baissais la voix et ils tendaient l'oreille dans un silence de cathédrale, je montais dans les décibels, ce qui me semblait être des bruits de tambour résonnaient... c'était si exaltant, une des plus belles émotions de ma vie!

Par la suite, je n'ai pas vu le temps passer. J'ai serré des mains à n'en plus finir, en m'exigeant de transmettre une énergie positive à chaque contact.

La soirée terminée, je m'éclipsais pour enfin rentrer chez moi me reposer et pouvoir montrer aux Pontoisiens que l'équipe municipale était au travail, dès le lendemain de l'élection, dès vendredi.

Est-ce la faute de l'excitation du moment ou des nerfs? Je n'ai pas pu dormir et je me suis baladé toute la nuit seul dans les rues désertes du centre-ville de Pontoise. Il faisait bon et cela me permit de faire redescendre la tension. Le bruit de mes pas et de ma canne faisaient office de métronome et mes pulsations revenaient à la normale. Après deux bonnes heures de marche, je pus enfin rentrer chez moi, boire mon café sans lequel je ne peux m'endormir tranquille.

J'avais donné rendez-vous à toute l'équipe municipale à 11h00. J'arrivais plus tôt, vers 10h10 et allais laisser mes affaires dans la Salle du Conseil. Quelle surprise ce fut d'y voir déjà mon portrait à côté de ceux de mes prédécesseurs depuis 1780 ! Certains étaient en peinture, et à partir de 1904 la photographie avait pris le dessus.

Encore sous le coup de l'émotion, je tenais à descendre quelques étages afin de voir cet espace qui m'avait toujours fasciné car toujours clos, même lors des visites aux journées du Patrimoine. Je tenais à voir, tu sais, la Grande Salle des Bienfaiteurs, dans les fondations de la Mairie ...

Et là ce fut encore plus étonnant: des petits bustes de nous tous, tous les maires de Pontoise depuis 1815... Je ne le sus qu'après, c'était une volonté d'un de mes prédécesseurs Athanase-Hector Roger d'Arquinvilliers du 19ème siècle, et personne n'avait voulu revenir sur cette tradition farfelue...

Sous chaque buste, une petite plaque en métal où était gravée une citation que chaque Maire avait décidé d'apposer, comme un compte-rendu, pour la mémoire collective. Sous mon buste, rien encore évidemment; je devrai l'indiquer à mon départ de cette belle Maison.

Inutile de te dire que l'éclairage bien travaillé rajoutait au solennel de l'endroit. Après m'être vu en deux dimensions, voilà que je me contemplais en trois, avec ce tout petit buste de moi récemment moulé. J'étais tout blanc.

C'est étrange vois-tu, car j'eus la sensation que cette petite expérience m'avait transformé brusquement, d'un coup. C'est à dire que j'étais arrivé à la Mairie presque comme un simple individu, mais suis remonté à 11h00 dans la Salle du Conseil comme le Maire de Pontoise, complètement, je ne sais pas si je me fais bien entendre. Le

Conseil fut ensuite surtout l'occasion pour moi de confirmer les priorités dans les orientations de ma politique. Ce fut bref et tonique, une belle première.

Je fus heureux de la fin de semaine qui s'annonçait, car je voulais enfin m'occuper un peu de moi; je m'étais tellement investi dans cette campagne! Je pus me promener dans Paris, aller à ma table privée Chez François manger des huîtres, acheter ce gilet mauve que tu vois et faire tailler ma barbe. J'ai aussi décidé de ne plus teindre mes cheveux, mais d'en prendre le plus grand soin. Mon barbier m'a indiqué que les cheveux argentés, quand on a la chance d'en avoir, était du "dernier chic".

J'étais donc prêt à attaquer mon mandat cette semaine, à vraiment prendre nos devoirs à bras le corps dès lundi matin, quand l'envie me vint de revoir la Grande Salle des Bienfaiteurs. Tu comprends Simon, ce fut un shoot d'adrénaline qui m'avait fait tellement de bien vendredi que je décidais d'y retourner afin de me donner l'élan décisif."

Jules Fauchère fit une pause et regarda dans le vide. Berlin se leva doucement puis alla à la fenêtre.

- "Que s'est-il passé mon Ami?

- Mon buste, Simon, était brisé en mille morceaux; et sur la plaque juste en dessous, en peinture mauve, y était indiqué *"Vulnerant omnes, ultima...*

- *Necat"* susurra Simon.

- "Oui Simon, oui, "Toutes blessent, la Dernière tue"

Se rendant compte que la pièce était sombre, Simon Berlin alluma une lampe et un peu de lumière tamisée se fit.

"C'est terrible… dis-moi Jules, d'autres bustes étaient brisés?

- Non, seul le mien était en miettes, et je suis le seul aussi à avoir eu droit à ce petit tag en latin...c'est vraiment quelque chose de personnel Simon.

- C'est effectivement ridicule, grotesque... Voilà un délinquant avec des notions de latin qui rentre pendant la fin de semaine dans la Mairie, qui s'introduit dans la Grande Salle des Bienfaiteurs, et qui brise ton buste au milieu de tous les autres en y allant de son petit commentaire.. Mais tu n'as même pas eu le temps de faire quoi que ce soit de ton mandat! Question bête mais avais-tu eu ce genre de problème dans ton bureau ou quelque part dans l'Université auparavant?

- Non, absolument rien de ce style ou de cette violence… des étudiants mécontents, certes. Mais je n'en vois aucun faire ce genre de chose.

- La Mairie est bien fermée au public en fin de semaine?

- La Mairie est fermée tout court du vendredi en fin d'après midi au lundi matin. Et bien entendu, gardée par des agents de sécurité qui font des rondes.

- Vu la taille assez importante de la Mairie, j'imagine qu'il y a pas mal de personnel de sécurité?

- Ils étaient deux à tourner dans les pièces principales et un dans le PC de Sécurité. Je suis allé les voir personnellement mais ils m'ont indiqué n'avoir rien vu et rien entendu. De fait, la Grande Salle des Bienfaiteurs ne faisait pas partie des salles dans le circuit de leurs rondes. Pour y accéder, il faut traverser une bonne partie de la Mairie et descendre trois étages. C'est moi qui ai découvert cette scène de crime si j'ose dire, lundi matin...et non, je n'ai averti personne si ce n'est la Police. Je ne voulais pas que cela s'ébruite ou même encore donner de la réclame à cette petite frappe.

- Je comprends... c'est tout de même étonnant cette histoire là.

- Ce n'est malheureusement pas terminé Simon. La semaine fut calme si je puis dire, je me décidai donc presque d'oublier cet incident malheureux. Mais une semaine après, jour pour jour, ce fut cette fois Jean-Michel, tu sais mon chef de la Sécurité, qui m'appela pour que je montasse dès que possible à la Salle du Conseil Municipal, au premier étage du bâtiment. C'était maintenant mon portrait, Simon, qui avait été volé. A la place, dans le cadre, en lettres mauves le même *"Vulnerant omnes, ultima necat"*...

- Diantre, mais comment ...?

- Le personnel de sécurité avait été triplé et supervisé par Jean-Michel ainsi que par cet inspecteur impotent, M. Courtepatte, un coordinateur de la Police... les rondes de sécurité incluaient toutes les salles de la Mairie, et malgré cela le malfrat avait pu commettre son larcin...

Jean-Michel, effondré, voulut me remettre sa démission dans la foulée, que j'ai refusé. L'inspecteur Courtepatte, dont Jean-Michel me disait que le fait d'être gras et désagréable ne lui laissait en rien supposer que ce ne fut pas un bon professionnel, fit, semble-t-il, un rapport à son supérieur, le commissaire Laveret. Ce fut lui qui me contacta pour me dire qu'il allait détacher une unité de sept personnes pour la surveillance de la Mairie pendant la semaine et la fin de semaine.

- Qu'as-tu fait ensuite? Comment as-tu pu gérer la situation?

- Je n'ai rien fait...en même temps, cela fait à peine une semaine qu'eurent lieu les événements que je te conte. Ceci dit, depuis le vol de mon portrait, pas de nouvelle scélératesse.

J'ai juste suivi ma promesse de campagne, me rendant dans les villes jumelées avec Pontoise… et me voici au 221B Baker Street. »

CHAPITRE 6

"Allons en profiter pour marcher et prendre un peu l'air. Il y a un parc à même pas cinq minutes à pied" fit Simon Berlin, en enfilant sa casquette.

- Tu n'es pas un adepte de l'enfermement dans une pièce remplie de fumée de tabac? Le 221B n'est plus ce qu'il était. On m'a raconté qu'il fut un temps où un gentleman recevait, écoutait et aidait à retrouver son cours aux vies qui s'étaient déviées de leurs lits naturels.

- Je ne l'ai pas connu personnellement mais ce gentleman pouvait se montrer désagréable m'a-t-on dit... Moi, je t'invite à une petite balade et même à dîner ensuite. Ce qui me semble la plus élémentaire des choses à faire alors que nous n'avons ingurgité pour déjeuner que du thé à la menthe."

Jules Fauchère prit sa canne et suivit son ami.

L'enfer étant pavé de bonnes intentions et nos amis n'ayant à ce moment même pas de grande volonté, la balade fut rapidement expédiée...

"Taxi!" Jules Fauchère autoritaire héla un cab typiquement londonien, qui s'arrêta juste devant eux.

"To the Hawksmoor Seven Dials, please" fit Simon Berlin au chauffeur qui les regarda à peine.

"Fouette cocher, nous avons grand faim!" plaisanta Simon Berlin. Le chauffeur tourna sa tête, en forme d'œuf, pour découvrir une remarquable paire de moustaches. Puis il leur répondit dans un français belge que "malheureusement les chevaux de son véhicule ne pouvaient pas être fouettés". Jules Fauchère éclata de rire et lui répondit qu'il comprenait son désarroi face au monde moderne.

Sans avoir à fouetter qui que ce soit, la course fut rapide. Simon Berlin, appréciant le confort de ces taxis londoniens en général, et la propreté et l'odeur de celui-ci en particulier, lui demanda alors s'il était possible de revenir les chercher après le dîner. Une fois l'accord du taxi obtenu, les deux amis rentrèrent dans le restaurant, d'où s'échappait une odeur exquise de viande grillée.

"Cela m'inspire, cela m'élève" soupira Jules Fauchère.

Une serveuse, cheveux noirs coupés court et à l'aspect gothique, les accueillit très gentiment et les mena à une petite table assez loin du reste des clients.

Une fois installés et le menu grand ouvert, Simon Berlin ne tarda pas :

"I'd like a T-bone, with creamed spinach, and a diet coke pls.

- How do you like your T-Bone sir?

- Surprise me"

Jules Fauchère contemplait la carte, rêveur: "Que c'est beau. Une carte bien faite ressemble beaucoup à une œuvre d'art. Que de bonheur, d'espérance et de joie cela peut procurer!" Il regarda la serveuse:

"For me Mademoiselle, it'll be a Chateaubriand, medium rare. With some Evesham asparagus. Please, do not forget the sauce Béarnaise. That is so important! And if you could offer some red wine, let's say a Saint Emilion 2010, it would be perfect".

Une fois la commande effectuée, Jules Fauchère continua:

"Il y a également une grande part de frustration tu sais, parce que tu passes une commande et tu te dis, ai-je bien fait? N'aurait-il pas mieux valu que je prenne en accompagnement les petits champignons ? Ou la pomme de terre au four avec sa crème de ciboulette? Choisir, c'est devoir renoncer! Ah, je deviendrais fou..."

La serveuse revint les voir quarante cinq minutes après avoir servi les boissons pour leur amener leurs belles assiettes, aux portions généreuses. Les deux gourmets furent tellement satisfaits qu'ils ne dirent rien pendant les 45 minutes qui suivirent.

"Hello, may I offer you some coffees?

- It would be nice, thanks a lot!" répondit Berlin.

La serveuse lui fit un clin d'œil et repartit.

"Tu lui plais, tombeur va!" fit Fauchère en clignant de l'œil. "Finalement, tu vas regretter de m'avoir invité à ton appartement!

- Tu crois?" répondit faussement Berlin, en rougissant.

La suite donna raison à Fauchère, car une fois sortis du restaurant, les deux amis s'aperçurent d'un numéro de téléphone indiqué sur le reçu de carte bleue de Berlin, et pas sur celui de Fauchère.

"Diable....charmante qui plus est! Nous reviendrons demain pour le brunch avant que je parte, il faut battre le fer tant qu'il est chaud!

- Ce n'est pas trop mon style... mais c'est vrai que je suis d'une timidité terrible et que même si elle m'avait plu, je n'aurais rien fait" reconnut Berlin.

Cependant ce dernier était avant tout heureux qu'ils aient passé une bonne soirée, très loin des inquiétudes du Maire de Pontoise. Il ne pouvait en rien résoudre ses graves problèmes. Il pouvait juste apporter un peu de calme à son ami afin qu'il puisse considérer les choses d'un angle différent.

CHAPITRE 7

"Merci pour l'hospitalité Simon, cela m'a fait plaisir de voir que tu vas bien et que le 221B... continue sa mission d'ordre presque confessionnelle.

- *Le presbytère n'a rien perdu de son charme ni le jardin de son éclat,* comme dirait l'autre...

- Exactement!

Jules Fauchère et Berlin terminaient tranquillement leurs cafés lorsqu'une application fit vibrer le téléphone portable du Maire de Pontoise.

"Mon carrosse sera là dans cinq minutes, et ma place en seconde classe est bien enregistrée.
Je disais avant que la technologie ne nous coupe, que tu as de la chance d'avoir un éditeur qui te foute la paix tout de même.

- J'ai eu la chance d'avoir pondu quelques romans et nouvelles qui me donnent une paix relative, et surtout des royalties constantes. Enfin, j'ai quand même droit à l'appel mensuel de mon éditeur pour savoir si à l'ouest il y avait du nouveau. Avoir la sensation de les décevoir à chaque appel ne me fait ni chaud ni froid, et ne pas être un écrivain à la mode me va parfaitement. Que m'a ton dit la dernière fois? Que j'étais une espèce de classique. Qu'on n'attend rien de moi mais qu'on me salue avec gravité lorsque je daigne descendre de mon Olympe. On m'accuse de fabriquer de la rareté afin de faire monter en flèche la valeur du prochain écrit. Mais ça ne marche pas comme ça, si seulement... La vérité est que c'est une crise de la page blanche qui m'a fait venir ici tu le sais...

- Oui

- Cependant dernièrement, je sens que certaines choses reviennent, que ça frémit. Le 221B, malgré les tempêtes qui s'y sont toujours racontées, et qui continuent à s'y conter, est un endroit si paisible. Cela m'aide beaucoup.

- C'est vraiment la sensation que j'ai eu hier effectivement. L'impression que le Temps s'arrête pour nous laisser reprendre notre souffle et lâcher tout ce que nous avons de manière presque ordonnée...."

Simon Berlin regarda sa montre et dit:

"Mon Ami, je te raccompagne."

Jules Fauchère disparut dans le cab lorsqu'une main apparut à travers la fenêtre:

- "Ah, Simon!?

- Oui?

- Rappelle la serveuse!"

Un grand éclat de rire s'échappa du taxi, qui démarra en trombe.

CHAPITRE 8

"C'est la saison des rhubarbes."

Lorsqu'il reçut ce message samedi matin sur son
téléphone portable, instinctivement Simon Berlin se toucha
le nez. Puis il eut la sensation étrange que son corps prenait
le contrôle et laissait son esprit en stand by. Ce fut comme
une gestuelle maintes et maintes fois répétée alors que cette
situation était inédite.

Mécaniquement presque, il prit sa casquette, son
portefeuille et son passeport. Puis il claqua la porte du 221B
Baker Street.

Dans le cab qui le transportait, il acheta un billet Eurostar
pour Paris Gare du Nord.

Arrivé à Saint Pancras et les contrôles administratifs
passés, il put enfin boire un café. Petit à petit son esprit
commençait à demander des comptes à son corps.
"Pourquoi avoir troqué ma quiétude du 221B pour ce
tumulte de Saint Pancras? Si encore le café y avait été
bon…"

Mais ce n'est qu'une fois installé dans l'Eurostar qu'il relut le message qui avait bousculé sa routine bien aimée. Et il eut l'impression de faire un bon dans le temps...

Au début des années 2000, étudiants du prestigieux département de Littérature et Civilisation Hispanique de l'Université de Cergy Pontoise, sous la houlette du célèbre Professeur Vergasa, Jules Fauchère et Simon Berlin débarquaient en Catalogne, plus précisément à l'Université Autonome de Barcelone, dans le cadre d'accord Erasmus. Barcelone, une ville où ils restèrent ensuite pour quelques années.

Ayant décidé de vivre dans le quartier le plus mal famé de la ville, le Raval, ils occupaient un logement presqu'insalubre mis à disposition par un marchand de sommeil sans scrupule, dont Berlin ne se souvint plus du nom. Jeunes et insouciants, les deux compères vivaient bohèmes au tempo d'une bande-son mêlant Brel, les Beatles, les Doors, Dylan, mais faisant la part belle à Bruce Springsteen et à son "Born to Run".

Pendant que Berlin commençait peu à peu à se découvrir des talents d'écrivain et tissait des liens avec des maisons d'éditions, Jules Fauchère s'acoquinait avec tous les petits et grands malfrats du quartier. Cela leur permettait d'être approvisionnés en nourriture, de se faire couper les cheveux et d'avoir des tickets de transports sans avoir à dépenser quoi que ce soit. La serveuse du restaurant dont ils avaient fait leur cantine, à l'angle de Carrer de la Cera et de la Ronda de Sant Pau, faisait effrontément les yeux doux à Jules Fauchère qui ne lui brisait pas ses vues, uniquement pour avoir la même table lorsqu'ils venaient y manger avec Berlin.

Simon Berlin, lui, avait honte de tels procédés, et souvent disait à son ami: "Jules, ami, rappelle la serveuse!"

Jules Fauchère s'avéra l'animal social par excellence, s'adaptant totalement à son environnement et à ses interlocuteurs. Le Roi de cette Cour des Miracles. Ainsi, ce fut lui, l'étranger, que l'ensemble du quartier choisit comme représentant lorsqu'il fallut discuter avec l'Ajuntament qui prétendait expulser des locataires pour une préemption d'immeubles en vue de construire des hôtels et des boutiques pour petits bourgeois bohèmes.

Il est curieux de constater que ces mêmes hôtels et boutiques ne réussirent à s'implanter uniquement qu'au départ de Jules Fauchère du quartier du Raval.

CHAPITRE 9

Un jour, Jules Fauchère rentra dans leur appartement hors d'haleine:

"Berlin! Springsteen est à Valence, au stade du Levante demain soir! J'ai eu deux places à l'instant!

Tremblant à ce qu'il venait d'entendre, Berlin parla la bouche pleine de tarte à la rhubarbe que le père de Jules Fauchère leur envoyait chaque saison.

- Fichtre, comment les as tu eu? Cela a dû te coûter une fortune!

- Des amis ont vu ces places sur un banc et me les ont rapportées... mais il faut aller à l'Estació del Nord, *right now*! Un autocar part dans exactement 45 minutes. Mais attend, tu es en train de t'engloutir seul ma tarte à la rhubarbe? »

Le flagrant délit ne souffrait d'aucune contestation mais le conflit ne s'envenima pas, les priorités étant pour l'instant ailleurs et il ne fallut que 5 minutes aux deux amis pour être dans le métro. Puis ce fut un car pour un trajet de plus de 5 heures, direction Valence...

Le concert fut atypique, le Boss ne tournant pas avec son groupe habituel, le E Street Band, mais reprenant des chansons et des ballades irlandaises. Cela n'entrava en rien l'enthousiasme des deux amis qui reprenaient joyeusement les chansons de l'artiste du New Jersey. Durant plus de 3 heures, le concert se termina vers les une heure du matin. Relativement éméchés par de la sangria bon marché, Berlin et Fauchère allèrent jusqu'au centre-ville en quête de nourriture mais tout était malheureusement fermé.

Ils se laissèrent dériver jusqu'à la Gare routière de Valence, où devait les reprendre l'autocar à 05h50 du matin. Il était 01h50 et le froid commençait à les gagner dans cette station vide et soumise aux quatre vents. Ils aperçurent soudain un groupe de quatre ou cinq jeunes d'aspect fort peu recommandable, qui fumaient et oh surprise! Mangeaient des gâteaux ressemblant à des cookies autour d'un feu.

"J'ai faim" avait dit laconiquement Simon Berlin

- "Qu'à cela ne tienne, nos nouveaux amis vont partager leur pitance!"

Jules Fauchère s'approcha d'eux, seul. Berlin, peu enclin à partager les vues de son ami sur l'Altruisme, resta dans un premier temps à l'écart. Mais lorsqu'il vit que deux des jeunes se levaient avec une attitude agressive, Berlin arriva en courant, pensant que celui qui frappe le premier frappe deux fois, et poussa violemment l'un des jeunes à terre. Ce fut malheureusement son seul fait de gloire ce soir-là. En effet, Berlin se prit un coup de poing en plein dans l'œil qui le laissa sonné, le nez également ensanglanté.

Deux autres jeunes entouraient alors Jules Fauchère qui, dans un éclair de lucidité, vit au pied d'un des agresseurs un objet métallique qui ressemblait vaguement à une canne.

Tel un chat, Fauchère bondit et fit une roulade afin d'attraper cette barre de fer. Une fois bien armé, il commença à faire des grands moulinets avec son bras gauche.

Berlin ouvrit l'œil qui lui restait et put seulement s'écrier: "Le Cid Campeador, le Cid Campeador!" puis il s'évanouit.

Les jeunes tentèrent de s'approcher de ce Chevalier des Temps Modernes pour essayer de l'atteindre mais devant des mouvements d'une telle science et d'une telle ardeur, ils battirent en retraite non sans invectiver les deux amis, nouveaux maîtres des lieux.

Lorsque Berlin revint à lui, ils étaient installés à côté du feu et Fauchère avait son visage presque collé au sien.

"Ah, tu te réveilles enfin, je t'ai laissé des gâteaux MOI!" lui cria Fauchère les yeux dans les yeux.

Berlin n'arrivait pas à ouvrir ses deux yeux mais n'avait alors, aucun problème d'audition. C'est ce qu'il allait dire au nouveau d'Artagnan, lorsque celui-ci le prit par les bras et lui chuchota tout doucement, en regardant plusieurs fois derrière lui, avec une diction hachée:

"Simon, Simon, c'est... très important. il nous faut un signal lorsque nous serons attaqués, j'y ai pensé toute la nuit. Ce sera: "C'est la saison des rhubarbes!" Ah ah!, personne au monde ne pourra comprendre!"

Prenant à son tour Fauchère par les bras et le rapprochant du feu, il ouvrit grand le seul œil valable qu'il avait. Et rapidement en voyant les pupilles dilatées et le comportement étrangement paranoïaque de son ami, Berlin comprit et jeta les gâteaux au feu.

"Mais que fais-tu? As-tu perdu la Raison? C'était les seules vivres que nous avions!" se désespéra Jules Fauchère, se portant les mains à la tête. Il commença à pleurer à chaudes larmes. Ce combat épique n'avait-il servi à rien? Le Chevalier à la Canne serra son arme tendrement.

Voyant qu'il n'y avait plus grand chose à faire, il se rassit à côté de Berlin et lui dit:

"Tu, tu… tu as retenu le signal, hein Simon? Simon?

- Oui Jules, je m'en souviendrai longtemps, ne t'en fais pas" lui répondit son ami, se touchant le nez très gonflé, qui avait désormais arrêté de saigner.

A la Gare routière de Valence, le soleil pointait à peine et les voyageurs commençaient à affluer. Lorsque leur autocar se mit en place et les deux amis voulurent monter, le chauffeur les accueillit:

- "¡Que peste por diez!

- Hemos pagado el pasaje caballero por lo que tendrá que aguantarnos hasta Barcelona!

- Muy bien, pero esa barra de hierro se queda aquí!"

Les deux amis, amochés, sentant la fumée, l'essence et la bière mais avec les idées parfaitement claires ne voulaient qu'une chose: rentrer à Barcelone. Jules Fauchère, non sans regret, jeta la canne salvatrice.

Le trajet des quelques 350 kilomètres passa assez rapidement, leur discussion tournant uniquement autour duquel des deux aurait le privilège de prendre sa douche en premier. L'un disait que la prime devait revenir au courage et le second, qui n'arrivait à ouvrir qu'un seul œil et qui avait un nez comme une pomme de terre, disait que la priorité devait revenir au plus mal en point. Finalement, ne parvenant pas à se mettre d'accord, ils choisirent de s'en remettre à la justice la plus équitable du monde, le Hasard.

La pièce tourna et tourna pour finalement tomber du côté face. Jules Fauchère exulta, le Courage avait triomphé.

CHAPITRE 10

"C'est la saison des rhubarbes!" Voilà donc un message qui venait d'un autre temps, mais qui ne perdait en rien sa puissance d'urgence.

L'Eurostar arriva à Paris. La Gare du Nord était en chantier, mais paradoxalement devenait de plus en plus propre. Il se souvint que lorsqu'il avait quitté la France, cette gare le désespérait par la crasse noire qui la recouvrait.

Cette fois, ce fut une autre couleur qui attira son regard: des personnes en gilets jaunes partout dans la gare qui semblaient déterminés, avançaient tous en direction des bouches de métro. Berlin avait entendu les manifestations en cours en France, mais de relativement loin. N'était-ce pas un sport national chez les Froggies, comme disaient les Britanniques?

Simon Berlin sauta dans le premier taxi venu. Lorsque celui-ci lui demanda sa destination et Berlin répondit Pontoise, le chauffeur grommela qu'il aurait dû le dire avant, que ça faisait une course trop loin et que ça n'était pas intéressant pour lui.

Ne voulant pas se mettre à dos ce digne représentant des taxis parisiens, Berlin opta pour ce qui ressemblait à des excuses:

"Je suis désolé, mais c'est vraiment urgent monsieur".

Le chauffeur grogna "remarque, il vaut peut être mieux sortir de Paris aujourd'hui", enclencha son taximètre, puis se mit finalement en route.

Une fois arrivés à Pontoise et la course du taxi réglée, Simon Berlin voulut rentrer dans la Mairie. Un très grand et gros monsieur blond lui barrait le chemin et l'apostropha grossièrement:

"C'est pourquoi? C'est fermé le samedi la Mairie, z'avez pas lu l'écriteau?

- Bonjour" lui répondit Simon Berlin, qui commençait à voir sa patience diminuer. Trop d'amabilité en si peu d'interlocuteurs en France commençait sérieusement à l'agacer, puis à l'inquiéter. Commençait-il à devenir "moins" Français?

Devant le regard porcin du bougre en face de lui, Simon Berlin choisit de ne plus insister, de l'ignorer et d'appeler son ami Jules Fauchère.

"Salut Jules, je suis en bas. Pourrais-tu prévenir ton cerbère de me laisser passer? Je me suis levé tôt, je n'ai pris qu'un café dégueulasse et mon humeur n'est pas des plus rayonnantes (silence de 5 secondes). Oui, un gros et grand monsieur blond qui n'a pas la moindre conception du civisme le plus élémentaire (silence de trois secondes) Entendu. A tout de suite".

Berlin raccrocha et souffla en regardant le ciel. Il commençait à pleuvoir. Puis il entendit:

"Vous m'avez insulté là monsieur? Je vous emmène pour outrage à agent moi!"

Simon Berlin, le toisant avec force mépris, allait répondre lorsque Jules Fauchère apparut à la porte principale de la Mairie.

"Inspecteur Courtepatte, voici Simon Berlin qui nous vient de Londres. Il aura les mêmes accès que moi à la Mairie. Jean-Michel se chargera de lui faire son accréditation si besoin.

- Sauf votre respect Monsieur le Maire, je me fous d'où vient cet individu. Il y a insulte à agent et s'il ne s'excuse pas immédiatement, je serai obligé de l'emmener au poste. C'est la loi, c'est comme ça.

- Je suis certain que vous pourrez l'emmener au Poste plus tard. Pour le moment, étant donnée votre piètre effectivité dans l'affaire qui nous occupe cher inspecteur, j'ai besoin de ce monsieur à la Mairie."

Sur ce Jules Fauchère emmena son ami à l'intérieur.

CHAPITRE 11

Berlin regarda autour de lui et écouta en silence la visite privée par le Maire de la ville.

"Donc tu vois, nous sommes au rez-de-chaussée. En face de toi, et à ta droite les bureaux des personnels, qui n'ont souffert d'aucune dégradation.

Comme tu as pu le voir depuis l'extérieur, la Mairie n'a qu'un étage que je te ferai visiter tout à l'heure. Je vais d'abord te montrer les étages inférieurs, hop c'est parti pour un peu de sport, nous n'avons pas d'ascenseurs."

Les 2 amis empruntèrent donc les escaliers, passant devant le -1 "des bureaux des personnels également", et firent une halte au -2.

"Ici, nous avons toutes les archives papiers. Mais j'ai donné ordre d'accélérer la transformation au numérique. Et surtout nous avons notre PC de Sécurité, avec Jean-Michel". Comme s'il avait entendu son nom, le chef de la Sécurité de la Mairie en sortit.

"Bonjour Simon, j'espère que tu as fait bon voyage" fit celui-ci en tendant la main. Berlin eut du mal à reconnaître le vigoureux athlète, vice-champion de France de danse rythmique et champion région Normandie de lutte gréco romaine. Reconverti dans la sécurité et la garde rapprochée, l'homme faisait depuis plusieurs années maintenant office de référence. Une référence que plusieurs personnalités politiques de premier plan et des sportifs de haut niveau s'arrachaient.

Mais l'homme que Berlin connaissait depuis quelques temps et qu'il salua, n'était plus le cador de la sécurité. Il avait l'air triste, le regard vide et les épaules voûtées...

"Bonjour Jean-Michel. Monsieur le Maire m'a raconté les incidents de ces derniers jours. Je suis navré, vraiment.

- Merci Simon…" Saluant de la tête Jules Fauchère, il retourna dans le PC de sécurité.

"Et nous descendons au -3 à présent. Voici, voici… La Grande Salle des Bienfaiteurs!"

Simon Berlin était impressionné. La salle lui semblait gigantesque et imposante. Le jeu de lumières tamisées participait effectivement au charme de l'endroit. Prenant environ un tiers de l'espace, les petits bustes étaient fièrement alignés, avec chacun leur petite plaque. Curieusement, cette disposition des bustes des Maires de Pontoise lui rappela des images qu'il avait pu voir de l'Armée d'Argile de l'Empereur Qin…

"Je ne vois pas ton buste Jules.

- Pour le moment, je ne veux pas que ce lieu soit à nouveau souillé. J'ai donc fait enlever toute trace de dégradation, et n'ai pas commandé de nouveau mon buste. Je veux éviter toute provocation pour le moment, dirons-nous...

- Je comprends en tout cas ton enthousiasme pour cette salle, elle est superbe. Et très inspirante. Je me rends mieux compte à présent du choc que cela fut lorsque tu as découvert ton buste en mille morceaux.

- Pour te dire la vérité, j'ai encore ces images dans ma tête et elles me tourmentent dès que je rentre dans la Mairie. Tous les matins."

Les amis commencèrent à remonter les escaliers et une silhouette voûtée les rejoint:

"Tu as vu Simon?" sourit Jean-Michel faiblement, "C'était beau n'est-ce pas"?

La question était étrangement tournée. Berlin tiqua sur l'usage de l'imparfait, mais choisit de revenir au présent.

- C'est une salle qui impose un certain respect, c'est certain. La personne qui a pénétré dans cet endroit et fait ce qu'elle a fait... est inconsciente.

- C'est un professionnel Simon, et un très bon" le coupa le chef de la Sécurité. "La première fois, il est venu et a dû passer quasiment devant le PC de sécurité pour rejoindre la Grande Salle des Bienfaiteurs. Un buste, quand tu le casses, ça fait du bruit. Il devrait même y avoir eu de l'écho! Et rien du tout… Je le sais, j'étais là. J'avais tenu à faire la première garde le week-end avant l'arrivée de Monsieur le Maire et du reste de la nouvelle équipe municipale pour m'assurer que tout irait bien.

J'étais là, j'ai même dormi sur place. Et je n'ai rien vu, rien entendu; de même pour les collègues qui faisaient leurs rondes. Que Dalle, *Niente*, *Nada*… des jours et des nuits que je retourne cette histoire dans ma tête, et franchement je ne vois pas, c'est un magicien ce mec…

- Hmmm

- Mais ce qui est encore plus fort, c'est le second forfait. Nous étions une équipe de huit personnes à tourner sur cinq étages. C'est pas la mer à boire quand même non? Et là, petite virée dans la Salle du Conseil au premier étage, on dévisse calmement le portrait de Monsieur le Maire. Pourquoi se presser? Les agents de sécurité sont tellement cons… j'ai remis ma démission à Monsieur le Maire. Parce que j'ai failli deux fois, et surtout je n'ai toujours pas compris comment. Cela veut dire que le magicien là, il peut revenir de la même façon, et..."

Ce fut cette fois Jules Fauchère qui coupa, presque avec un langage de caserne:

- Votre mission principale Jean-Michel, c'est de faire attention à ma personne. Tant que je ne serai pas atteint, c'est que vous faites votre travail. Donc arrêtez de me casser les couilles avec votre démission. Je n'ai aucune envie de me faire trucider, donc démerdez-vous pour que je me sente tranquille et que je puisse faire mon boulot correctement. C'est entendu? »

Presque militairement, Jean-Michel salua puis retourna à son PC de sécurité. Les épaules moins voûtées.

Les deux amis continuèrent à monter pour arriver au premier et dernier étage du bâtiment. L'escalier donnait sur un long couloir.

Simon Berlin sentait des muscles qu'il ignorait posséder. Les cinq étages représentaient davantage d'efforts que les 17 marches du 221B, et commençaient à faire leur petit effet. Jules Fauchère, plus sportif, continuait à parler: "Et donc tu vois, les escaliers donnent sur le couloir central à partir duquel s'ouvrent toutes les pièces.

La première porte à droite, c'est mon bureau avec vue sur la Place de l'Hôtel de Ville. Nous y reviendrons tout à l'heure.

A gauche, toute une série de bureaux dont celui de ma secrétaire, Montse et dont la porte est en face de la mienne. Voilà, celui-là; tous les bureaux à gauche du couloir ont vue sur le Boulevard Jean Jaurès… Et là en face de nous, la Porte de la Salle du Conseil."

Jules Fauchère précéda son ami pour rentrer dans la Salle du Conseil et en ouvrit la porte. Simon Berlin découvrit une grande salle parfaitement rectangulaire. En son centre une grande table en bois assez massive avec de part et d'autre quatre chaises. Puis une chaise en bout de table, pour le Maire certainement. Face à cette dernière, une grande télévision couvrant une bonne partie du mur.

En entrant dans la salle, directement à droite, le balcon de l'Hôtel de Ville. Mais ce qui sautait aux yeux immédiatement étaient les portraits de tous les Maires de Pontoise accrochés au mur faisant face aux fenêtres qui donnaient sur la Place. Berlin y chercha son ami mais n'aperçut en bout de file qu'un cadre vide.

"Idem" fit Jules Fauchère à l'interrogation silencieuse de son ami.

Soudain, un bruit venant de l'extérieur commença à s'amplifier. Berlin s'approcha d'une des fenêtres et vit un attroupement d'une petite vingtaine de personnes en gilets jaunes. "C'est Carnaval aujourd'hui?" Tenta-t-il de plaisanter. Depuis Londres, Berlin ne comprenait pas le sérieux de certaines revendications.

Le Maire soupira, "Ne m'en parle pas, il y a une tension en ce moment! Entre les casseurs, les gens sincères et aux abois, les profiteurs, il n'y a pas plus hétéroclite que ce mouvement. J'ai décidé de couper "direct" en recevant ici, dans environ dix minutes, une délégation - auto proclamée certes - mais censée me faire part des revendications et doléances que je vais faire remonter aux Ministères concernés. Ou peut-être même au Président de la République. Hors de question que la situation devienne explosive ici. Et je veux en profiter pour leur dire que nous n'accepterons pas de casse ni de violence à Pontoise, et que tout débordement signifiera une traduction immédiate devant le Justice. Il en va de la sécurité de tout un chacun. Mais *no worries*, cette réunion ne va pas durer. Si tu peux rester dans le coin... *please*.

- Je vais en profiter pour déjeuner dehors alors, et je reviendrai ensuite."

Jules Fauchère sortit de la Salle du Conseil pour accueillir la Délégation des Gilets Jaunes, pendant que Simon Berlin regardait les visages de tous ces serviteurs de la République. Beaucoup semblaient jeunes, ou en tout cas dans la force de l'âge et Berlin admira le fait que l'on donne au Service Public une partie de ses meilleures années.

Lorsqu'il revint à la Salle du Conseil, le Maire Fauchère était suivi de trois personnes en gilets jaunes ainsi que d'une dame très bien vêtue -qui devait faire partie des personnels municipaux- et de Jean-Michel, qui fermait le cortège.

Simon Berlin s'approcha pour les saluer tous: une jeune femme d'environ vingt ans avec des rastas, un retraité vêtu avec une certaine élégance sous son gilet jaune et un jeune en tenue de chantier. Comment des personnes a priori si différentes pouvaient-elles avoir des objectifs communs? Elles affichaient en tout cas toutes un air décidé, et une certaine tension était entrée en Salle du Conseil. "On en a gros!" semblaient dire les regards... "Peut-être la Mairie de Pontoise était-elle un bon lieu de rencontre, aussi intéressant que le 221B Baker Street?" se demanda Berlin.

"Mesdames, Messieurs, je vous en prie, prenez place. Simon, je t'appelle et nous nous retrouverons quelque part"

- Entendu. A tout à l'heure."

Une fois dans le couloir, Simon Berlin sortit son téléphone portable de sa poche. Il parcourut son répertoire afin d'y trouver le numéro d'un ami de l'Université qu'il s'était juré de revoir dès qu'il reviendrait en France; lorsque tout à coup, il topa contre quelque chose. Ou plutôt quelqu'un. Car lorsque Berlin leva les yeux il remarqua un homme vêtu d'un gilet jaune. "Le quatrième mousquetaire" se dit par devers lui Berlin. Et un mousquetaire là encore différent de ses congénères. Comme à son habitude, Berlin tenta d'observer et de cataloguer: environ 40 ans. Propre sur lui. Au vu de ses mains fines et propres, pas un ouvrier...

"Bonjour camarade... je suis confus, j'étais aux toilettes. Pouvez-vous me dire où est parti le reste de notre Délégation?

- Bonjour, oui… ils sont dans la Salle du Conseil, la porte là au bout du couloir.

- Ah très bien merci beaucoup!" fit celui-ci calmement et poursuivant dans la direction indiquée par Simon Berlin.

Berlin descendit d'un étage tout en continuant à tapoter sur son téléphone.

CHAPITRE 13

"Bonjour Madame, je suis Simon Berlin, et..."

La secrétaire leva les yeux et reconnut le célèbre écrivain, ami de son patron.

- Bonjour M. Berlin. Je préviens Monsieur de votre arrivée immédiatement.

Simon Berlin reconnut la voix, avec cet accent typiquement Val d'Oisien:

"Oui, faites monter DE SUITE. Ah ! Et annulez tous mes autres rendez-vous de la journée."

"Si vous voulez bien me suivre Monsieur Berlin". Monsieur Berlin suivit.

"Simon! *Hola muchacho ¿qué tal?*

Berlin regarda son ami. Le temps passait mais lui ne changeait guère. Des cheveux noirs parfaitement gominés, des oreilles légèrement décollées, des petits yeux bleus et globuleux, une manie de se tripoter les lèvres avec ses doigts, et une propension à toujours mettre des mots espagnols dans ses phrases. Il fit le parallèle avec Jules Fauchère, qui lui aimait placer certaines injonctions en anglais...

Mais Berlin savait également que l'ancien étudiant, doux rêveur à la vie familiale compliquée, était devenu un redoutable homme d'affaires, Président Directeur Générale de la chaîne de restaurants "Fasty".

- Xanat! Je suis heureux de te voir, comment vas-tu? Et merci pour ton temps. Je te préviens au dernier moment et tu dois pourtant être si occupé!

- J'ai toujours du temps pour *los Amigos*! Nous allons manger un bout? J'ai envie de me faire le nouveau Fasty Fasty Burger. C'est *bueno*, avec les tomates et la sauce. Tu dois goûter! »

Simon Berlin accepta avec plaisir, et ni une ni deux, ils étaient dans une Renault Clio, dernier modèle. Xanat de Gault ressentit le besoin de se justifier d'avoir ce genre de voiture, atypique pour un homme de sa condition:

"Petite voiture signifie pas de problemos pour se garer dans les parkings, et moins de problème de conduite. Et ouais! Pas bête la bête! Elle a tout d'une grande!", puis il poussa la musique à fond. Du Mylène Farmer, une chanteuse qu'adorait De Gault.

Xanat de Gault était par ailleurs un excellent pilote. Ils arrivèrent au Fasty d'Osny en moins de deux chansons de la chanteuse française, pâle copie de Kate Bush d'après lui.

"*Vamos*! En moins de dix minutes. Allez régalade maintenant, c'est pour bibi."

Berlin fit un effort de mémoire et se rappela qu'à la place du Fasty il y avait un autre restaurant dans le temps...un Mcdonalds? Non un Quick plutôt, où Xanat de Gault avait d'ailleurs été serveur. Ou "équipier" comme ils disent souvent dans les entreprises de restauration rapide.

Xanat de Gault rentra comme un Roi dans son Fasty, où il ne manquait que le tapis rouge. Alors que Simon Berlin allait aux bornes automatiques, le propriétaire des lieux fit signe à son invité de le suivre à une des grandes tables, avec fauteuils vue sur le parking, et le parc pour enfants.

Immédiatement un serveur vint à leur rencontre:

"Bonjour Monsieur de Gault, j'espère que vous allez bien. Que souhaitez-vous aujourd'hui?

Celui-ci plissa les yeux et répondit avec un rictus non dissimulé:

"Je souhaite que Mélisandre prenne ma commande.

- Ah…" Le jeune serveur en resta interloqué. "Très bien Monsieur De Gault, tout de suite Monsieur De Gault"

Une jeune femme, Mélisandre sûrement, arriva le pas léger et avec un sourire:

"Bonjour Xanat, comment allez-vous? Vos menus Fasty Fasty burgers sont bientôt prêts. Je me suis permis de laisser les jouets également... Afin que vous puissiez voir le packaging complet bien entendu.

- Mélisandre, pourquoi cet équipier n'avait-il pas son petit pin's et sa casquette rouge? Vous savez l'importance que j'attache à la tenue. Ah, et je veux que les équipiers sachent quoi me servir lorsque j'arrive. Ce n'est pas compliqué, non? Les nouveautés, toujours les nouveautés. Et à défaut, je veux le "Fasty Délices du Maghreb". Et pour boire...

- Votre jus de tomates que voici. Et pour votre invité une bouteille d'eau minérale en attendant votre commande". De Gault se détendit et remercia sa serveuse qui s'éloigna faire les grandes modifications demandées.

Les hamburgers arrivèrent et les deux compères commencèrent à faire ripaille.

"Tu vas me goûter ces nouveautés, tu vas voir, gros gros potentiel! D'ailleurs, je me disais...tu pourras citer mes burgers dans tes bouquins non? Je ne sais pas moi, genre un de tes héros qui cherche à se remplir le bidon et pour pas trop cher. Et là il voit un restaurant Fasty! Banco!

- Je vais y réfléchir, mais je ne te promets rien.

- Tout se discute Simon. Bon et Londres alors? Toujours heureux là bas? Je ne sais pas comment tu fais, il n'y a pas de soleil...

- Tu vas me dire qu'en région parisienne tu as le soleil toute l'année avec le chant des cigales?

- C'est pas faux... Murcie me manque, je te le dis *muchacho*, tu aurais dû venir avec moi sur la *Costa*! On aurait fait un malheur....ça aurait été pastèque sur pastèque..."

Simon Berlin laissa De Gault redescendre sur terre et celui-ci lui demanda:

« Et du coup tu viens passer quelques jours en région parisienne?

- Pour tout te dire, j'avais rendez-vous avec Monsieur le Maire aujourd'hui, et...

- Avec le Maire Fauchère?

- Oui, en effet! Je ne l'avais pas vu depuis fort longtemps.

- Quel honneur pour Monsieur le Maire....et que nous vaut ce pèlerinage?" Simon Berlin releva le tour soudainement ironique que prenait la conversation, sans savoir à quoi l'attribuer. Y avait-il des griefs entre les deux hommes? De mémoire, De Gault et Fauchère, s'ils avaient coïncidé à l'Université, ne se connaissaient pas forcément très bien.

Ne voulant pas trahir les secrets des mésaventures récentes de Fauchère, Berlin préféra botter en touche.

"Tu m'as eu, on ne peut rien te cacher Xanat!...c'est par pur intérêt que je suis venu. Tu sais, avec ces histoires de Brexit, on me demande une quantité de papiers là-bas. Pour accélérer le mouvement, je comptais sur un coup de pouce de Monsieur le Maire, qui est, je l'avoue, de mes amis.

- Si tu comptes sur lui pour accélérer quoi que ce soit... il n'en a que pour la Culture, l'Histoire, les Grands Idéaux. Un pseudo intellectuel que je prends au Trivial Poursuit quand il veut! Et les gens sont assez cons pour voter pour lui!

- Ne me gâchez pas le repas en parlant de politique s'il vous plait mon bon Monsieur. Et laissez-moi profiter de mon sandwich.

- C'est un Fasty Burger. Il est bon hein?"

La conversation se poursuivit sur d'autres sujets plus légers, mais Simon Berlin ne se sentait pas à l'aise, l'attitude de son hôte l'avait troublé. Il vit arriver avec un certain soulagement l'heure de la fin du repas.

"Je te ramène à Pontoise *muchacho.*"

Dans la voiture, Xanat De Gault roula encore plus rapidement qu'à l'aller. Aucun des deux ne pipa mot. En descendant de la voiture, Place de l'Hôtel de Ville, Berlin demanda: "Tout va bien Xanat? Je sens comme un froid, et ne sais pas pourquoi.

- *Claro que si, todo bien!* Allez, on s'appelle!" Puis la voiture démarra en trombe.

CHAPITRE 14

Simon Berlin rentra dans la Mairie, et allait appeler son ami par téléphone lorsque Jules Fauchère apparut dans l'escalier.

"Les grands esprits se rencontrent! J'allais t'appeler, mais je vois que nul besoin de cela! Tu as déjeuné? Autrement, je t'accompagne. Moi, j'ai dû manger sur le pouce avec nos amis gilets jaunes. Nous avons fait deux heures de réunion, je sors tout juste, même pas eu le temps d'aller aux toilettes.

- Ecoute je viens de passer un déjeuner assez peu agréable en vérité.

- Ah bon? Tu aurais dû rester avec moi, j'en ai entendu des conneries…

- J'étais avec Xanat de Gault, tu te souviens de lui?

- De Gault…le roi des Burgers. J'avais oublié que vous vous connaissiez.

- C'est curieux, je lui ai dit que j'étais venu te voir, et le ton jusque-là amical a tourné au vinaigre.

- Pour te dire toute la vérité, Monsieur De Gault a été un farouche opposant lors de ma campagne. Avec mon prédécesseur, il avait commencé à planifier la construction d'un de ses restaurants dans le Parc du Château de Marcouville, qui avait été mis en vente pour lever des fonds, permettant ainsi de baisser les impôts... pendant deux ans. Belle mesure! Quelle clairvoyance! Bref, une de mes promesses de campagne avait été de faire jouer le droit de préemption sur cet espace vert en plein centre ville.

- D'accord. Moi qui commençais à croire que tu avais été élu comme un dictateur vénézuélien sans véritable opposant... Il y a donc eu des gens qui étaient contre toi lors de cette campagne, qui avaient des intérêts privés et personnels à ce que tu ne sois pas élu?

- Mais bien sûr, c'est la politique ça Simon, nom d'une pipe en bois! Mais je dois reconnaître que De Gault était l'un d'eux... Dis-moi, tu ne lui as pas raconté ce qui est arrivé ici, n'est-ce pas? Tu ne lui as pas donné les vrais motifs de ta venue?

- Comment veux-tu que je donne des motifs que je ne connais pas? Tu ne me les as pas donnés non plus Jules. J'ai pris l'Eurostar, j'ai visité la Mairie de Pontoise où ont eu lieu de graves incidents, j'ai croisé des gilets jaunes, j'ai revu un vieil ami que je ne crois malheureusement pas revoir de sitôt, j'ai goûté le nouveau Fasty Fasty Burger avec bacon et fromage. Mais je ne saisis pas l'urgence de la situation. Tu as dit que c'était la saison des rhubarbes Jules...

- Je suis désolé Simon de t'avoir fait courir. Mais je ne me sens pas tranquille, et je t'ai donc fait venir sans délai. C'est très égoïste de ma part. Mais j'avoue ne pas être tranquille, un peu de peur peut-être… Depuis que je suis revenu de Londres, je reçois des courriers… juste un petit carton avec écrit en violet dessus la citation latine que tu sais. J'ai la sensation très nette que le danger se rapproche Berlin…

- Tu aurais pu m'envoyer un mail ou m'appeler.

- Je ne suis pas certain que tu serais venu, il n'y avait rien de très concret. Et tu es quand même très fainéant."

Les deux amis entrèrent dans le bureau du Maire. Simon Berlin découvrit un grand espace rectangulaire. En face de lui, comme dans la Salle du Conseil, une grande table en bois massif, avec deux chaises de chaque côté, puis une chaise qui présidait. En face, une télévision. De l'autre côté de la pièce, dans l'angle, une espèce de petit salon avec deux sofas et une autre télévision plus petite. Et à l'autre angle, un grand bureau avec deux chaises d'un côté, puis le fauteuil de Monsieur le Maire de l'autre. Un fauteuil qui avait l'air très confortable.

"Bienvenue au cœur du pouvoir!" plaisanta Jules Fauchère dont l'œil fut immédiatement attiré par quelque chose sur son bureau.

"Qu'est-ce que cela veut dire…?" fit-il en se dirigeant rapidement vers sa table de travail, lâchant sa canne à terre.

" Nom de nom, Simon, regarde!" Fauchère s'était laissé tomber sur son fauteuil, livide.

Simon, qui déposait ses affaires sur l'une des chaises, s'approcha rapidement de son ami.

Deux clichés étaient déposés sur le bureau du Maire. Le premier cliché était celui d'un buste brisé et le second cliché était celui du portrait du Maire, qui semblait en parfait état.

"Je suis désolé Jules, tu as encore eu un bon pressentiment malheureusement. C'est la saison des rhubarbes."

CHAPITRE 15

Là encore, ni les équipes de Sécurité ni les agents de Police sur place ne surent comment ni quand ce forfait avait pu s'accomplir. La Mairie était un endroit public, où beaucoup de monde allait et venait. Il y avait certes un contrôle dû au plan Vigipirate, mais il était en réalité assez succinct car il suffisait d'ouvrir son sac pour passer.

Il y avait aussi des caméras de sécurité, mais celles-ci n'étaient disposées qu'au Rez-de-chaussée et au -1, c'est à dire dans les endroits dédiés à l'accueil du Public. On eut beau les visionner encore et encore, rien de louche ne fut vu.

Les mauvaises nouvelles se succédèrent pour Monsieur le Maire de Pontoise dans les jours qui suivirent.

En effet, tous les jours, il continuait à recevoir des courriers du monde entier et des emails avec la seule citation *"Vulnerant omnes, ultima necat"*. Lorsqu'ils cherchèrent la provenance de ces courriers et courriels, personne ne put les localiser, ni relever une quelconque empreinte où même le début d'une preuve pouvant mener à quelque chose de concret.

Lors des rassemblements de plus en plus nombreux des gilets jaunes sur les quais de l'Oise, on pouvait bien entendre les huées et les cris bien distincts de "Fauchère Démission".

Les journaux les plus importants de la région dont La Gazette de Pontoise et l'Echo du Val d'Oise, rapportaient même des sondages mesurant la côte de popularité du Maire. Celle-ci s'était effondrée, les éditos l'accusaient de se casser les dents sur la réalité du pouvoir et de s'isoler dans sa tour d'ivoire.

"Je sers de sac de sable et je ne sais pas ce qui peut me tomber dessus." répétait Fauchère. Malgré un état de nervosité important, le Maire se faisait un devoir d'être à son labeur comme il aimait à le rappeler.

"Il y a un événement auquel tu vas être invité Simon!" Lui signifia un jour le Maire de Pontoise à son ami, alors qu'ils étaient dans son bureau.

"Je suis tout ouïe.

- Suite aux fonds que j'ai alloués à l'Université de Cergy Pontoise, la bibliothèque a été modernisée, et renommé "Bibliothèque Hector Vergasa". Nous allons donc présider son inauguration auprès du Président de l'Université demain en fin de matinée.

- Superbe! C'est vraiment une belle initiative Jules. Mais... crois-tu que c'est une bonne idée d'aller se montrer en public, en ce moment?

- J'y ai pas mal réfléchi vois-tu. Mais, à un moment il faut aller au contact. Les Pontoisiens commencent à penser que je me cache et peut être ont-ils raison. Je suis moins ouvert qu'avant, je me montre moins. C'est la Reconquête mon Ami, il faut changer d'état d'esprit et être combatif!"

Simon Berlin était plus prudent que son ami, il demanda:

" Jean Michel sera des nôtres également n'est-ce pas?

- Je suis courageux mais pas téméraire. Jean Michel sera là bien entendu, ainsi que des agents de sécurité qu'il va coordonner, pour le confort du Maire de Pontoise.

Pas de staff de police pour moi car ils sont tous affectés à la sécurité générale de l'événement. C'est compréhensible avec le contexte actuel, les dangers ne se limitent pas à mon humble personne.

- Il y aura du monde, donc?"

Jules Fauchère tendit à Berlin l'invitation contenant le programme de la journée et la liste des invités, triés sur le volet.

« Y est attendue environ une grosse centaine de personnes. Le parvis de l'Université est fermé pour l'occasion. A l'intérieur, devant les amphithéâtres, nous aurons un cocktail et des petits fours après les discours d'usage...

Parmi les invités, en plus des autorités bien entendu, des membres éminents de l'Université de Cergy Pontoise, les mécènes et les entreprises avec des partenariats "Elite"...

- Qu'est ce que cela?

- C'est une politique que je développe pour rapprocher les grandes entreprises des meilleurs étudiants, afin qu'ils puissent entrer efficacement dans le monde du travail, apporter tout ce qu'ils peuvent donner, contrer la fuite de nos esprits les plus brillants. Un peu le modèle nord américain, mais revu avec une touche à la Française.

Il y aura également d'anciens élèves brillants, qui sont devenus des références et même des célébrités comme toi ou comme ton ami Xanat De Gault par exemple.

- Parfait, cela me donnera l'occasion de le revoir. J'espère que mes sensations de la dernière fois étaient erronées. »

CHAPITRE 16

Xanat de Gault avait parlé de pèlerinage... Simon Berlin voulut tout à coup revoir le Centre Commercial Les Fontaines, qui était presque collé à l'Université. Il choisit donc de s'y rendre, pour arriver ensuite à l'inauguration de la Bibliothèque par le pont reliant les commerces à l'Université.

En parcourant les allées, il se rendit compte de tout le temps qu'il avait passé entre la FNAC -pour y lire gratuitement les bandes dessinées- le café d'en face, et le restaurant chinois dont le poulet au citron était un de ses plats favoris. Sans oublier le Kebab à côté de la patinoire qu'il regrettait n'avoir pas assez visité. Une jeunesse totalement insouciante qui offrait le temps comme s'il n'avait pas de valeur...

Il jeta un œil au parking bondé de voitures. Et il commençait à rejouer mentalement ses parties de hockey sur béton du dimanche. Le Centre Commercial étant fermé ce jour-là, le parking gigantesque accueillait tous les patineurs et skateurs de la région…

Il continua sa balade et arriva sur la partie de la galerie marchande découverte. Il avait de la chance, il faisait grand beau. Çà et là, des souvenirs revinrent...

Passant devant la pharmacie, il se rappela avoir été le témoin ici d'une interpellation assez violente par des policiers en civil sur un homme. Aux premières loges, il avait profité du spectacle d'un homme plaqué au sol au milieu des cris, qui bien que se débattant comme un beau diable ne pouvait rien face au poids de la justice, neutralisé sans autre forme de procès.

Il continua jusqu'à arriver à "sa" boulangerie, Blonde de Pain, où il déjeunait de temps en temps avec d'autres étudiants. Il jeta un œil et y vit toujours autant de monde. Une Boulangerie toujours pleine de jeunes. Certains étudiaient sur place avec leurs ordinateurs qui avaient remplacé les cahiers, d'autres avec leurs téléphones portables qui avaient, eux, remplacé leurs amis. A l'époque, pas si lointaine lui semblait-il, le jeu à la mode était la Bataille Corse. Quelles en étaient les règles déjà? Comme la plupart des jeux, il fallait gagner les 52 cartes, laissant les autres participants à sec. C'était comme une Bataille traditionnelle, mais donnant la possibilité de taper, et les étudiants le faisaient souvent fort, très fort, sur le tas de cartes du centre quand deux cartes de même valeur se suivaient. Cela permettait de récupérer toutes les cartes du tas. Bref un jeu qui lui avait valu des bleus aux mains, et souvent laissé les phalanges dans un état déplorable.

Sans même s'en rendre compte, il arriva au pont qui l'amenait au parvis de l'Université, sur ledit site des Chênes. A sa gauche la tour grise des bureaux administratifs où il n'était que peu allé. A sa droite, ce grand paquebot blanc qui faisait office de bâtiment principal et qui cachait en son sein les plus grands et importants amphithéâtres du campus. Berlin avait toujours été surpris de voir ces grand pans blancs qui descendaient presque jusqu'au sol. Cela lui faisait l'impression d'un canevas géant, sur lequel il aurait aimé écrire ou peindre s'il avait su.

Lui faisant face, après le parvis et rayonnant de mille feux avec le soleil de la journée, la nouvelle bibliothèque Hector Vergasa.

Qu'aurait dit le vieux professeur, sévère et exigeant, s'il avait su de cet honneur qui lui était fait?

Lui, tendait toujours à minimiser son apport à la Culture Hispanique, mais n'avait-il pas été l'auteur, entre autres ouvrages de première importance, de *Les Peuples en Espagne, l'Espagne à traves ses Peuples. Altérité à l'époque contemporaine*? Un ouvrage de référence de plus de 993 pages pour lequel il avait donné des conférences au Siège des Nations Unies, mais aussi animé des colloques auprès de ses confrères chercheurs dans le monde entier. Tous faisaient l'éloge d'un chercheur dont le savoir encyclopédique n'avait d'égal que l'humilité.

Lui ne semblait pourtant donner de l'importance qu'aux progrès de ses étudiants, à la transmission du savoir. Il tenait ainsi même à faire cours aux étudiants de première année et à qui il répétait inlassablement avec un accent très marqué "Vous aviez des verbes à apprendre par cœur... je crois?" voulant leur inculquer les bases de la langue castillane avant ses subtilités.

CHAPITRE 17

"Monsieur Berlin… oui Monsieur Berlin!… avec les invités d'honneur. Veuillez me suivre s'il vous plaît."

L'hôte fendit l'espace de la Salle de Conférence, le plus grand amphithéâtre de l'Université, pour mener à bon port le célèbre écrivain. S'ôtant la veste et s'asseyant, il répondait par une légère inclinaison de la tête à toutes les personnes dont les visages lui évoquaient quelque chose, et qui le saluaient. Que n'aurait-il pas donné pour être davantage physionomiste! Celui qu'il reconnut sans peine était le Maire de Pontoise sur l'estrade, avec une autre personne. Il parcourut le feuillet que lui avait remis l'hôte d'accueil, afin de reconnaître les intervenants.

Il était heureux de constater que personne ne s'asseyait pour l'instant à côté de lui. Il pourrait s'étirer donc sans gêner qui que ce soit, si les discours traînaient en longueur.

"Monsieur?" L'hôte d'accueil qui l'avait installé était revenu.

"Que se passe t il jeune homme ?

- Monsieur le Maire et le Président de l'Université demandent si vous souhaitez dire un mot à l'assemblée. En votre qualité d'écrivain, ils…

- Sans façon, merci! Mais c'est très gentil d'avoir proposé. Je crois que trop d'hommages auraient indisposé le Professeur Vergasa. Et puis, vous savez… entre nous, c'était un con, un jean-foutre."

Berlin rit sous cape. Son ami ne lui en voudra pas de cette petite blague. N'avaient-ils pas eux-mêmes, dans ce même amphithéâtre, quelques années auparavant traité de tous les noms d'oiseaux possibles et inimaginables le vieux professeur, lorsqu'il exigeait plus et toujours plus d'eux? Sous prétexte d'avoir un niveau "CAPES" dès leur première année, les deux amis avaient l'impression d'être pressés comme des oranges afin de montrer tout leur potentiel.

L'hôte d'accueil, encore stupéfait des mots de l'écrivain, s'en retourna donc apporter la bonne parole au Maire de Pontoise qui partit d'un grand éclat de rire, pendant que le Président de l'Université prenait un air pincé.

Tout à coup, il entendit une voix familière "Najate, n'aviez-vous pas prévenu que je ne voulais personne à côté de moi, quelle partie de mes ordres manquaient de clarté?" Berlin se retourna. "Xanat, si tu veux, je te laisse ma place et comme ça tu pourras déployer tes oreilles.

- Simon! C'est toi! J'ignorais que tu allais venir!" Fit Xanat De Gault en s'asseyant tout en prenant ses aises.

"J'hésitais puis lorsque j'ai su que mon ami Xanat de Gault serait parmi les invités d'honneur, j'ai foncé. J'espère que nous aurons une belle inauguration avec des bons petits fours. Il est bientôt 12h15, j'espère qu'il y en aura beaucoup car je sens la faim poindre."

Le Président de l'Université prit la parole:

"Mesdames et Messieurs bonjour. Merci d'être venus si nombreux pour l'inauguration de cette Bibliothèque, désormais associée à l'un de nos plus grands chercheurs. Mais avant de continuer, je laisse tout d'abord la parole à M. Jules Fauchère, Maire de Pontoise et ancien élève émérite, à qui revient le droit et oserais-je dire le devoir, d'ouvrir cette petite cérémonie."

Les applaudissements nourris à l'endroit du Maire lorsque celui-ci arriva sur l'estrade rassurèrent Berlin. Il prit le micro, mais lorsqu'il commença à parler, ce ne fut pas sa voix ni ses mots qui résonnèrent, mais une voix ridicule qui semblait avoir inhalé de l'hélium:

"Je m'en vais! Je suis nul nul nul!"

Des rires fusèrent dans la salle. Etonné, Jules Fauchère arrêta de parler en tentant de regarder au fond de la salle, afin de voir les techniciens.

Puis une musique assourdissante fit son apparition, une espèce de heavy metal chanté dans une langue asiatique qui fit que personne ne s'entendit plus. Berlin eut ensuite la sensation de vivre une scène comme au ralenti.

Jules Fauchère regardant à droite et à gauche pendant que le président de l'Université courait vers les techniciens… Jean-Michel fendant la foule vers le Maire de Pontoise tout en lui faisant signe de se baisser… Les invités dans la salle se levant de leur siège cherchant à comprendre ce qui se passait.

Et tout à coup, le silence qui fit place à la même voix à l'hélium:

"Le Maire se terre ? HAHAHAHAHAHA…"

La musique revint d'un coup, avec une odeur nauséabonde partout dans la salle. Les gens tentaient de sortir mais les portes semblaient fermées de l'extérieur. La panique avait gagné la Salle de Conférence.

La musique s'arrêta tout à coup laissant place aux cris des gens, et la plus parfaite obscurité se fit. Trois ou quatre coups de feu retentirent. Simon Berlin en perdit le compte et recroquevillé sur son siège, n'osait pas bouger, arrivant à grand peine à respirer l'air nauséabond. A côté de lui, Xanat de Gault pleurait en suçant son pouce.

Berlin ne sut pas combien de temps il était resté comme cela, mais cela lui avait paru une éternité. Les portes de la Salle de Conférence s'ouvrirent et les lumières se firent. Un grand courant d'air pénétra dans la salle.

Un spectacle désolant attendait les Policiers qui avaient investi les lieux: des gens couchés par terre, d'aucuns en position fœtale, d'autres simplement assis les mains sur les oreilles, beaucoup en train de sangloter, certains avec des mouchoirs sur le nez…

Simon Berlin regarda machinalement sa montre. La terreur avait duré moins de 8 minutes.

CHAPITRE 18

L'évacuation de tout le monde vers l'atrium se fit assez rapidement, et la police demanda à tout le monde de rester dans le périmètre qui avait été privatisé pour l'inauguration de la Bibliothèque.

L'inspecteur Courtepatte vit Simon Berlin avec les yeux humides, et lui dit: "Alors, on fait moins le malin maintenant, hein?". Ce dernier ne sut que répondre, son inquiétude étant ailleurs. Il courut vers Jean-Michel qui toussait dans un coin de l'atrium, manifestement inquiet et en conversation avec une autre personne, qui semblait en même temps coordonner les forces de l'ordre.

"Jean-Michel! Tu vas bien?

- Oui, moi ça va. Mais nous avons un problème Berlin, le Maire a disparu!"

Simon Berlin essaya de regarder partout, mais il ne vit pas son ami.

"Bonjour cher Monsieur, je suis le commissaire Laveret. Vous êtes Simon Berlin? Sachez que j'aime beaucoup vos livres." Les yeux de Berlin se posèrent sur son interlocuteur, de prime abord très sympathique. Cependant la situation d'échanges de compliments ne s'adaptait en rien aux circonstances.

"Monsieur le Commissaire, pardon mais à l'heure actuelle, mes bouquins on en a rien à carrer. Avez-vous des pistes quant à la disparition de Monsieur le Maire?"

Celui-ci regarda Berlin avec condescendance et lui rétorqua:

"Vous savez très cher monsieur que nous venons d'arriver à votre petite sauterie entre gens du monde. Heureusement que nous étions parqués à proximité, autrement vous seriez restés assez longtemps cloîtrés en train de pleurer et vomir dans une odeur vraiment immonde…entre nous, je suis navré que personne n'ait fait preuve d'un peu de panache.

- Pardon?

- Allons, allons. Nous sommes en train de faire le décompte des personnes présentes dans l'atrium, comparant le tout avec la liste des présents fournis par l'entreprise des hôtes et hôtesses.

- J'ai entendu des tirs et…

- Mais c'est pour cela que nous avons forcé les portes, cher citoyen... Mais nous n'avons pas vu de trace de sang suite aux coups de feu, ni d'impact de balles. Ce qui nous fait penser qu'il s'agissait d'un bruitage. Bref, comme tout le reste" fit le commissaire en tournant les talons, "beaucoup de fumée sans feu".

Berlin se laissa choir et regarda Jean-Michel, qui commençait à reprendre son souffle:

"Mais c'est qui ce con suffisant?

- C'est le commissaire de Cergy-Pontoise…"

Il ne pouvait rien faire pour son ami disparu dans la nature, blessé qui sait?… cette situation le désolait. Que faire à part ne rien faire? C'était ce qu'exigeait la situation…

Berlin vit Xanat de Gault qui pleurait toujours et alla jusqu'à lui. Il avait les jambes qui tremblaient encore, mais moins que tout à l'heure.

"Xanat, viens, nous allons prendre l'air."

Ce dernier se leva difficilement mais se mit en marche. Une fois sur le parvis, Berlin se rendit compte que le commissaire prétentieux et pédant avait néanmoins agit avec une grande célérité. La police avait bouclé tout le périmètre allant du début du pont menant au Centre Commercial jusqu'à 300 mètres derrière l'Université.

"Les clients du Mcdo et de la Pizzeria, là derrière la fac, ils font la gueule. Ils ont rien demandé mais comme ils sont dans le périmètre, personne ne bouge" leur avait indiqué un policier en faction.

"Pouvons-nous aller dans les installations sportives qui sont sous le pont Monsieur le Policier?

- Tant que vous restez dans le périmètre, il n'y a pas de souci messieurs."

Les installations sportives n'avaient pas changé depuis leur passage à l'Université. Peut-être un léger rafraichissement, mais rien de plus. C'est un endroit qu'ils connaissaient bien, pour y être venus beaucoup pendant leurs premières années, après les cours, pour se détendre après des journées d'études harassantes.

Les tables de ping pong, ainsi que les balles et les raquettes, étaient à leur place. "Tu veux taper quelques balles, comme autrefois?" proposa Simon. Ce dernier avait besoin d'un bruit familier pour le calmer; comme il n'avait pas à portée de main les concertos de Bach au clavecin, il se dit que la petite balle blanche ferait office de substitut...

Xanat ne répondit pas mais prit la raquette que lui tendait Berlin " ping - pong - ping - pong - ping - pong - ping, etc". Les échanges commençaient, et les deux pongistes ne disaient rien, se contentant de renvoyer la balle assez doucement, pour ces joueurs pourtant confirmés. Sans intention de gagner les points, mais uniquement dans l'objectif de faire durer l'échange. Cela permit à Berlin de se calmer, cependant il observa étrangement que Xanat ne se calmait pas et semblait dans un état second. D'ailleurs, celui-ci arrêta la balle et tout en s'excusant, il courut vers la salle d'eau. Berlin attendit qu'il fût revenu et s'apprêtait à servir, lorsque d'une toute petite voix, Xanat déclara, livide:

"Tout est de ma faute, Simon."

CHAPITRE 19

Simon Berlin suspendit son mouvement et regarda attentivement Xanat de l'autre bout de la table. "Que veux-tu dire?"

Xanat s'assit par terre, les jambes croisées et les yeux dans le vide, et conta l'histoire d'un marché malheureusement passé.

"A l'élection de Jules Fauchère, la politique de la ville changea du tout au tout. Alors que nous étions dans une conjoncture de dynamisme, avec une ville en presque plein emploi grâce au travail des équipes municipales précédentes voilà qu'arriva ce qui devait arriver: lorsque les gens gagnent trop d'argent, lorsque la situation va trop bien, nous choisissons les emmerdes. Et les emmerdes ça vint avec le programme de ton ami Fauchère. La culture, les idées philosophiques, pour ça il y a du monde. Mais d'un point de vue économique, nous allions au devant d'une grande catastrophe.

- Au fait Xanat.

- Le fait est très simple, le Maire avait suspendu l'accord négocié et en passe d'être signé pour l'acquisition des terrains du Parc du Château de Marcouville par Fasty, mais aussi par d'autres enseignes. Cela aurait dynamisé la ville de manière folle! Penses-tu, des terrains de cette taille en plein centre ville... Au lieu de cela, que prévoyait le nouveau Maire? De laisser en l'état ces terrains pour le moment, et on lance une consultation pour la préservation de notre patrimoine, de notre Histoire… Mais c'est de la branlette ça! Nous ne sommes pas un musée, nous sommes une ville avec des gens qui avons besoin de travailler, de faire du business!

Bref, il fallait changer de politique et cela passait par un changement de Maire. Car tu connais le Maire mieux que moi. Lui n'allait pas changer de politique...

- Qu'as-tu fait ?" souffla Berlin, redoutant les révélation qui allaient suivre.

Xanat de Gault prit une serviette, qui était à côté de lui et s'épongea le front. "J'ai contacté Daniel Ernesto Vano...

- Qui?

- Daniel Ernesto Vano. Un homme recommandé par certains de mes contacts hauts placés qui font appel à lui lorsqu'un "problème" surgit et qu'il faut "réparer".

- Une espèce de consultant en scélératesses diverses?

- Oui, un consultant c'est ça, mais également un exécuteur. Car je lui ai juste posé le problème que nous avions chez Fasty avec le Maire de Pontoise en très peu de mots, presque comme je viens de le faire à l'instant avec toi. Il m'a regardé froidement et m'a juste posé deux questions. Il m'a d'abord demandé jusqu'où j'étais prêt à aller pour voir le problème réglé. Sans réfléchir, je lui ai dit que j'étais prêt à tout! Tu sais comment on est, pendant les discussions on s'emballe, on exagère, on veut montrer les muscles; je suis un méditerranéen. Enfin d'Auvergne, mais disons que mon sang latin parlait à ce moment-là. Lui ne faisait rien de tout cela. Il me regardait froidement. "Vous savez ce que signifie être prêt à tout M. De Gault. Je vous demande vraiment de bien mesurer vos propos. Car une fois notre accord passé, il n'y aura pas de retour en arrière possible."

Son ton me cloua sur place, je n'ai pas l'habitude qu'on me reprenne ou qu'on me corrige. Cependant, il n'y avait aucune forfanterie, cet homme souhaitait connaître son périmètre d'action. Je lui répondis qu'excepté le meurtre, nous pouvions tout faire afin de pousser Jules Fauchère hors des murs de la Mairie.

Il nota quelques points sur un petit calepin qu'il avait sorti de sa poche. Puis tel un boutiquier, il me demanda si j'avais les finances pour ses services. J'en ai presque souri, me demandant s'il savait que je suis tout de même le Président Directeur Général de Fasty, une des plus importantes chaînes de restauration de France. Il me répondit qu'il préférait s'en assurer avant de mettre son plan à exécution et m'indiqua son tarif, un pognon de dingue."

Xanat, épuisé recommença à pleurer. "Mais je ne voulais pas que ça aille si loin…"

Berlin avait retenu une partie essentielle, le meurtre était exclu. Jules Fauchère était donc vivant. Après, il fallait voir dans quel état il serait retrouvé. Il s'exclama:

"Ce que tu as fait, peux-tu le défaire? Contactes-le, dis lui d'arrêter toute cette machinerie infernale.

- Simon, c'est impossible. Une partie du marché tient au fait qu'il n'a pas le droit d'arrêter le contrat, qui équivaudrait à échouer.

- La seule issue, me dis-tu, est que le Maire renonce à son mandat?

- Oui...

- Il faut tout raconter à la Police.

- Cela me mettrait en danger Simon, je suis désolé mais cela est hors de question... »

De Gault et Berlin sortirent silencieux pour retourner dans l'atrium. Quelle ne fut leur surprise de voir au milieu du parvis un camion de pompiers avec, à côté Jules Fauchère qui semblait nu sous une couverture donnée par les secours. A côté de lui Jean-Michel semblait soulagé, et le commissaire Laveret prenait des notes.

"Berlin! Je suis là!

- Mon ami! Mon ami! Tu vas bien? Que s'est-il passé?"

Le Maire de Pontoise semblait dans un état second, entre euphorie et angoisse:

"Mon ami, je ne suis ni mort ni blessé, mais j'ai dû souffrir d'être ridicule, écoute…"

- Ecoute, j'ai à te parler toutes affaires cessantes! Mais en privé si cela ne vous gêne pas messieurs" dit Berlin au commissaire et à Jean-Michel. Ce dernier s'éloigna mais pas le commissaire.

"Messieurs, vous commencez à me fatiguer avec vos agressions qui n'en sont pas, vos coups de feu qui n'en sont pas, et vos messes basses. Alors je vous demande: voulez-vous l'aide et la compétence de la Police?"

Berlin regarda droit dans les yeux le commissaire et lui répondit: "Merci Monsieur le commissaire. Afin de ne pas vous faire perdre plus de temps, nous allons essayer d'ordonner nos réflexions et reviendrons vers vous lorsque cela sera fait.

- Faites ce que bon vous semble Messieurs. Cependant sachez que si j'apprends que si vous faites entrave à la Justice, si vous empêchez la Police de faire correctement son travail… vous en serez les premiers informés".

Berlin et De Gault entrèrent dans l'Université, suivis du Maire Fauchère toujours nu sous sa couverture.

"Jules, écoute donc Xanat."

Devant le ton grave de Berlin, Jules Fauchère se tourna vers le patron de Fasty, qui raconta de nouveau le pacte passé. La surprise se mêla à l'effroi.

"Ce diable d'homme ne reculera devant rien pour me faire partir.

- Et il est dangereux Jules. Sa seule limite est de ne pas attenter à ta vie. Mais le spectre des actions à venir peut être large et nous allons crescendo dans les agressions. Ne crois-tu pas qu'il faudrait … renoncer?"

Jules Fauchère regarda son ami puis Xanat de Gault, qui avait perdu toute sa superbe et qui ressemblait à présent à un chien battu.

"Rentrons Simon, je suis fatigué."

CHAPITRE 20

Ce n'est que sept jours plus tard que Jules Fauchère demanda à Berlin de faire venir Xanat de Gault à la Mairie. Tous deux arrivèrent et montèrent au premier étage au bureau du Maire.

Jules Fauchère était assis à son bureau, l'air triste mais déterminé. Il regarda froidement De Gault, qui baissa la tête.

"Monsieur, vous avez brisé le rêve d'un homme de bonne volonté. Soyez certain que si d'une manière ou d'une autre je peux vous nuire, je le ferai.

En confiant la destinée de notre ville aux agissements d'un criminel, vous avez mis en péril Pontoise, et je ne parle même pas de ma personne. Je ne sais pas comment votre conscience vous permet-elle de vous regarder encore dans un miroir. Ce n'est que par amitié pour Simon Berlin que je ne vous livrerai pas aux autorités. Par amitié, et par le marché que je vais vous proposer. Un marché que si d'aventure il vous prenait l'idée de refuser.... je vous lâcherai comme un chien à la Justice, vous avez ma parole.

Sachez que nous l'avons cherché partout votre Daniel Ernesto Vano. Jean-Michel a fait jouer ses relations et a écumé tous les fichiers possibles de la Police et de l'Intérieur. Il n'y a rien, RIEN... C'est donc vous qui paieriez les pots cassés, seul..."

Simon Berlin alla s'assoir sur un des fauteuils qui étaient en face du bureau. Son ami allait-il prendre la seule décision raisonnable?

"Je ne démissionnerai qu'à une condition, c'est que vous achetiez l'intégralité des terrains du Parc du Château de Marcouville. En cas d'enchères, vous devrez toujours surenchérir; les personnes à même de vous faire concurrence ont une assiette financière moins solide que Fasty. Une fois l'acquisition faite, vous en ferez don immédiatement à l'Université de Cergy-Pontoise. Vous passerez en plus pour un mécène aux yeux du monde De Gault, ce qui j'espère plombera davantage le peu d'estime que vous devriez vous porter."

Profitant que son ami reprenait son souffle, Simon Berlin fit une proposition, "Je pense Xanat que tu devrais faire une proposition de naming "Espace Jules Fauchère", lorsque tu feras ta proposition d'acquisition, qui sera validée par le Conseil Municipal en session extraordinaire."

A Jules Fauchère qui le regardait avec un amusement lointain dans les yeux, il rétorqua: "C'est de la politique... d'une certaine manière."

Pour toute réponse, De Gault se leva pour partir tout en prenant son téléphone portable et avec une voix qu'il voulait assurée indiqua: "Najate, faites préparer de suite une proposition d'achat pour les terrains du Parc du Château de Marcouville. Prévenez ensuite nos avocats qu'il y aura une cession à titre gratuit à l'Université de Cergy-Pontoise, à effet immédiat..."

CHAPITRE 21

Ce n'est que quelques semaines plus tard que nos deux compères se retrouvèrent au 221B Baker Street. Après sa démission pour "raisons personnelles", Jules Fauchère avait décidé de venir passer quelques jours à Londres afin d'échapper à tout le battage médiatique. En effet, les journaux locaux, mais également nationaux, spéculaient sur les raisons de son départ surprise finalement si peu de temps après son élection. Les faits qui s'étaient déroulés lors de l'inauguration de la Bibliothèque Hector Vergasa avaient eu naturellement beaucoup d'impact, cependant personne ne comprit pourquoi celui qui était redevenu Professeur de Littérature du Siècle d'Or Espagnol à l'Université avait été pris pour cible.

Ce fut la première fois qu'un locataire était si peu disert alors qu'il logeait dans ce qui fut l'appartement de Monsieur Sherlock Holmes. Sachant la fatigue accumulée et la tristesse de devoir quitter une fonction qui lui avait été chère, Berlin respectait les silences et laissait son ami souffler.

Un jour cependant Simon Berlin aperçut un sourire en coin chez son ami.

"Tu sais Berlin, tu m'as coupé la parole lorsque nous nous sommes retrouvés sur le parvis de l'Université. Que j'étais nu comme un vers sous une couverture des pompiers.

- C'est exact. Si mes souvenirs sont bons, tu m'avais dit que tu avais dû souffrir de ridicule.

- Ceci doit rester entre nous... Tu te souviens lorsque dans la Salle de Conférence, il y eut une extinction de toutes les lumières, et qu'il y eut une obscurité complète?

- Comment l'oublier?

- Je fus à peine conscient de cette obscurité en quelque sorte car au même moment je reçus un violent coup sur la nuque qui je crois me fit perdre connaissance. En tout cas, figures-toi que je me suis retrouvé nu, complètement nu dans des toilettes. Je devinai l'odeur caractéristique du Mcdo. Rassuré d'un certain point de vue, je cherchais à sortir, mais comble de malchance le loquet était bloqué. J'ai pensé à escalader mais la porte était vraiment trop haute. Et j'avoue avoir commencé à paniquer. C'était en quelque sorte la goutte d'eau qui a fait déborder le vase.

- Attends, attends, comment es tu arrivé aux toilettes? As-tu senti qu'on te portait? Car il y a bien cinq minutes de marche entre l'Université et ce restaurant.

- Je ne sais pas... la seule chose que je sais est que je voulais à tout prix sortir de là. Et la seule solution était de ramper comme un ver de terre, sur un sol que je vis sale et visqueux. Cependant toute dignité était à mettre de côté à cet instant et je me mis à glisser et à onduler. Une fois hors des toilettes, je sortis sachant que j'allais me retrouver face à des gens qui venaient manger et ne s'imaginaient pas voir le Maire de la Ville dans cet état! Il n'y avait même pas de papier toilette que j'aurais pu utiliser...Par chance, peu de gens me virent, et je ne crois pas avoir été filmé. En tout cas je n'ai rien vu de ce style sur les réseaux sociaux. Tout de suite des Policiers et des Pompiers vinrent à mon secours. Quelle histoire grotesque !

EPILOGUE

Xanat de Gault était assis à son bureau, pensif, lorsqu'il entendit frapper à sa porte. Il ne leva même pas les yeux. Sa secrétaire entra et déposa une seule enveloppe.

Machinalement De Gault la prit et l'ouvrit. A l'intérieur, un petit carton avec un mot très succinct: "Merci pour votre confiance. Daniel Ernesto Vano".

Saint Maur, Décembre 2018

Rache

Aux années berlinoises, entre 1997 et 2001

Lestrade et Gregson se regardèrent, goguenards et incrédules.

"Si cet homme a été assassiné, quelle est la cause de sa mort ? demanda le premier.

— Le poison, répliqua sèchement Sherlock Holmes, et il fit mine de s'en aller. Encore un mot, Lestrade, ajouta-t-il, en se retournant au moment de franchir le seuil de la porte. "Rache" est un mot allemand qui signifie Vengeance ; ne perdez donc pas trop de temps à rechercher une Mlle Rachel."

C'est après avoir lancé cette flèche du Parthe qu'il sortit définitivement, tandis que les deux rivaux, restés bouche béante, le suivaient des yeux.

Une Étude en Rouge - Arthur Conan Doyle

PARTIE I

Une histoire de brosse à dent

CHAPITRE 1

"Cling!"

La tasse de café était prête, c'est en tout cas ce qu'indiquait le four à micro ondes. Simon Berlin fila un instant dans sa chambre pour enfiler son peignoir. Non pas qu'il eut froid, mais un phénomène londonien l'avait rattrapé ce matin. Le brouillard.

Nous étions certes en hiver mais jusqu'à aujourd'hui, le temps avait été relativement clément. D'autant plus si on le compare aux intempéries qui fouettaient le continent depuis plusieurs semaines.

Son récent déplacement en France lui avait fait comprendre que Londres était l'endroit le plus fabuleux du monde pour vivre; Et Simon Berlin hocha du chef en se remémorant le poète qui chantait "le temps ne fait rien à l'affaire…" malheureusement, il ne se souvenait pas de la suite de la chanson.

Simon Berlin prit donc sa tasse de café et se cala sur son fauteuil favori; celui qui faisait face à la fenêtre œil-de-bœuf qui donnait sur Baker Street. La vue n'était pas fameuse, tout au plus son regard portait-il sur environ cinquante mètres. Cependant, comme à chaque fois cela lui suffisait pour ressentir cette sensation de vertige heureux.

La purée de pois qui lui faisait face est un corps étrange, pensa notre ami. Elle semble vouloir tout absorber... les voitures, les vélos et les gens.

Sa consistance faisait penser à une gelée humide et froide, quelque chose de palpable presque qui mettait à l'épreuve les murs solides et épais des habitations. Bah, ils survivront! Ils ont toujours résisté.

Il porta la tasse à ses lèvres, et but une petite gorgée de café. Un délice. Pourquoi nombre de ses amis critiquaient-ils ses goûts en matière de café? "Et *comment* peux-tu boire cette pisse-froide? Et *pourquoi* n'achètes-tu pas une vraie bonne machine à expresso? Ça c'est du café!"

Il ne répondait jamais, c'eût été se justifier. Mais il aimait cette boisson, un "guayoyo" comme ils disaient dans sa famille. C'était un café sorti d'une cafetière normale, et non pas d'une de ces machines qui ressemblent à des robots ultra sophistiqués. Et qui en outre pouvait être réchauffé au four micro-onde ! Ce café était certes léger, mais la couleur et le goût lui faisaient faire un voyage dans le temps d'environ 30 ans… Il avait tout au plus abandonné cette habitude de mettre une demi-cuillerée de sucre; la magie du voyage dans le temps avait failli s'estomper, peut-être s'était-elle estompée un peu d'ailleurs… Mais il fallait surveiller sa ligne n'est ce pas? C'est d'ailleurs un des rares gestes de discipline corporelle que s'accordait Simon Berlin.

Il alluma son ordinateur.

CHAPITRE 2

254. Il avait reçu 254 courriels pendant son court week end à l'Isle-Adam où il avait été se promener dans ce «Paradis terrestre» cher à Balzac, avec son magnifique Parc de Cassan. Il avait surtout vu une crue impressionnante avec toute une partie du centre ville complètement sous les eaux!

Simon Berlin avala donc une gorgée de son café, et se prépara pour une longue séance de lecture car il était surtout décidé à ce qu'aucune belle Histoire ne lui échappe. Et après tout, sa réponse automatique l'engageait:

"Merci pour votre courriel et surtout pour votre intérêt dans le 221B; Votre Histoire sera attentivement étudiée, et espérons vraiment vous recontacter très prochainement".

Il s'apprêtait donc à ouvrir le premier des courriels arrivé le vendredi après midi à 15h53 précises, lorsque son attention fut attirée par un titre séducteur. "Méfait à l'Hôtel Arts et Collections, discrétion absolue requise". Berlin laissa donc de côté ses principes de justice et d'équité et ouvrit le courriel dont le titre l'avait attiré.

"Cher M. Berlin,

Je voudrais porter à votre attention des faits extraordinaires ayant eu pour cadre l'Hôtel Arts et Collections, ou je suis le Directeur Commercial depuis maintenant plus de dix ans.

Je ne pourrais malheureusement vous en dire davantage par écrit, mis à part le fait que si lesdits faits s'ébruitaient, cela serait un scandale qui affecterait la réputation de notre Maison.

Je serai à Londres la semaine prochaine et serais heureux de pouvoir venir au 221B Baker Street afin de pouvoir vous conter cette histoire abracadabrantesque."

Dans l'attente de votre retour,

Titouan Quenner"

Voilà qui avait semblait intrigant à Simon Berlin. Il connaissait très bien cet établissement, dont le propriétaire l'avait invité à de multiples reprises lors des sorties littéraires.

Grand amoureux des arts, et souvent mécène des plus grands parcs et monuments nationaux, le propriétaire n'avait pas hésité à faire de son établissement ce qu'il avait nommé "un écrin pour toutes les formes d'expression de talent", en y accueillant un grand nombre d'artistes. Pour des expositions, des conférences, des rencontres avec le public, des enchères privées... Des événements qui mettaient en avant des artistes parfois reconnus, parfois inconnus, mais que cet amoureux des belles choses choisissait toujours selon ses goûts et avec le plus grand soin.

Il est à noter le bon goût de ce mécène, car lorsque l'hôtel mettait en avant un artiste peu connu, ce dernier devait s'habituer très rapidement à la lumière et aux Trompettes de la Renommée.

Simon Berlin éplucha toutes les actualités en rapport avec l'Hôtel Arts et Collections, mais très peu de choses dignes d'intérêt s'affichèrent sur son écran. Uniquement le fait que justement la fête de réouverture de l'hôtel après plusieurs mois de travaux, avait rencontré un vif succès, avec l'artiste Katrin Hohenauer qui avait ébloui son monde.

Il répondit par email à son interlocuteur:

"Cher Monsieur Quenner, nous accusons réception de votre courrier, et avons hâte d'échanger sur le sujet qui vous occupe. C'est avec plaisir que nous vous attendons au 221B, lundi en huit.

Au plaisir,

Simon Berlin"

Le propriétaire du 221B continua à lire et répondit à toutes les sollicitations. Aucune n'avait autant piqué sa curiosité que l'affaire qu'on lui avait soumis….allons, une semaine est si vite passée!

CHAPITRE 3

On frappa à la porte. Berlin posa le livre "Le Vicomte de Bragelonne" d'Alexandre Dumas qu'il avait entre les mains et se leva doucement "Voilà un livre que je n'arriverai jamais à finir…"

En ouvrant la porte, Berlin découvrit un homme blond et élancé, avec une petite valise à roulette. Pas plus de quarante cinq ans, vêtu avec un raffinement sobre mais certain. "Un véritable dandy se voulant discret" pensa Berlin. Rasé de près, un parfum de qualité. Un costume gris anthracite sur une chemise blanche, des boutons de manchettes argentés en forme de boussole, et des souliers bleus avec une patine splendide. "Des souliers propres", l'homme est venu en cab continua à penser Berlin. L'homme qui lui faisait face était un homme du monde.

"Bonjour M. Quenner, bienvenue au 221B Baker Street" fit Berlin en lui tendant la main.

"Bonjour M. Berlin, merci beaucoup de m'accueillir. Pour un amoureux comme moi des écrits sur le Grand Homme, c'est un véritable honneur que de me retrouver ici. Qui plus est, accueilli par un écrivain tel que vous!

- Entrez je vous prie."

Titouan Quenner entra dans le salon et regarda autour de lui, visiblement impressionné.

"C'est donc ici, que tout commençait…"

Devant ses yeux ébahis, un espace simple et presqu'austère cependant, n'eussent été les tableaux colorés accrochés aux murs. Mais le tout parfaitement *équilibré*. Une grande pièce de vie composée d'une table à manger rectangulaire devant une cuisine ouverte discrète à l'angle, une table ronde et un bureau proche d'une très imposante bibliothèque. Faisant face à l'entrée, presque, une belle cheminée entourée d'un fauteuil et d'un sofa, avec une petite table basse. Et ces fenêtres, ces fameuses fenêtres donnant sur Baker Street... Le côté mystique d'un lieu est bien des fois amplifié par le concept qu'on s'en fait.

Simon Berlin était à présent habitué que ses hôtes soient figés un instant en découvrant l'antre du Maître. Lui, encaissait le loyer de ses hôtes, monnayant avec une certaine vergogne ce supplément d'âme. Quelque chose dans le 221B continuait à le fasciner lui aussi, preuve qu'il n'avait pas encore dompté de manière rationnelle entièrement ces murs et ces tuiles...

"J'espère que vous avez fait un bon voyage. Laissez-moi vous montrer votre chambre.

- Celle de M. Holmes!

- Tout à fait, celle de M. Holmes. Vous pourrez y déposer vos affaires, et vous rafraîchir. Je vous propose ensuite de vous montrer les magazines du Strand originaux qui sont conservés ici, et font partie des murs si j'ose dire.

Au dîner, que nous prendrons ici même à 20h30, nous pourrons parler du problème que vous avez commencé à évoquer. Me permettez-vous de vous demander si vous êtes allergique à un quelconque aliment?

- Non, aucune allergie. Je tente seulement de faire attention à ma ligne... l'été prochain je me rends en Corse et je ne peux me permettre de souffrir d'embonpoint.

- C'est entendu. Je ne vous forcerai pas à un gavage intensif tant que vous me permettez, moi, de me faire plaisir. Voici votre chambre, je vous dis à tout à l'heure M. Quenner.

- Merci beaucoup M. Berlin. A tout à l'heure."

De retour dans le salon, Simon Berlin regarda satisfait la collection de magazines originaux, à la valeur inestimable. Il en ouvrit un au hasard et ses yeux se posèrent sur un dessin de Paget, "Watson dans la Lande", tiré du Chien des Baskerville. Comment ne pas voir l'inspiration puisée auprès du "Promeneur au dessus des brumes" de Friedrich? "Fichtre, quelle puissance" pensa Berlin. Il enviait cet illustrateur de génie qui avait réussi à graver dans la rétine de la postérité les images de ces icônes.

Berlin revint au Présent. Le téléphone en main, il composa un numéro qu'il connaissait par cœur pour passer commande.

"Eugène bonjour, Simon Berlin à l'appareil. Comment allez vous ? (silence de 4 secondes) Écoutez j'en suis vraiment heureux. Je vous appelle pour un menu pour ce soir. Y a t il quelque chose dans les arrivages du jour qui mérite que nous nous y arrêtions ou alors quelle carte me recommandez vous? (silence de 10 secondes). Oui, un homme de goût et qui fait manifestement attention à sa ligne (silence de 7 secondes). Hmmmm, je ne suis pas un fanatique absolu des araignées de mer, donc nous pouvons partir sur la seconde option que vous m'indiquez du GreenHouse (silence de 3 secondes). Oui, pour 20h30 comme d'habitude, cela sera parfait. Merci Eugène, à tout à l'heure."

CHAPITRE 4

Berlin venait juste de placer sur le tournedisque les "Vingt Quatre Caprices Pour Violon" de Paginini lorsque Titouan Quenner entra dans le salon. Le propriétaire des lieux lui indiqua alors le fauteuil près de la cheminée, faisant face à la bibliothèque qui, il les voyait maintenant, contenait les trésors qui auraient fait pâlir d'envie bon nombre de collections privées et de musées.

"M. Quenner, j'espère que vous avez pris vos aises et que la chambre vous convient. Puis-je vous proposer un thé, ou un café peut être?

- Tout est au mieux M. Berlin. Un thé mangue litchi, si vous avez, fera parfaitement l'affaire.

- Bien entendu.

- Je me permets de vous dire que je suis ravi de vivre l'expérience du 221B voyez-vous. Et ajouter qu'en tant que professionnel de l'hôtellerie, j'ai rarement vu une qualité de matériel comme celui que vous offrez. Sous ses allures sobres, tout est vraiment à la pointe du confort et invite au calme et à la tranquillité."

Simon Berlin prépara la théière, servit son hôte et la posa sur la table basse.

"Je vous remercie. Mais dites-moi M. Quenner, d'où vient donc cette passion pour le Canon Holmésien?

- Rien que du très banal, je le crains. Alors que j'étais en 5ème, une professeure de français nous proposa un jour, si nous finissions une rédaction sur "l'Assommoir" de Zola, de faire une étude de texte sur un livre anglais qui devait, je ne crains pas de le dire, changer ma vie: " le Chien des Baskerville". La découverte de Holmes fut un plaisir littéraire que je n'ai retrouvé qu'une seule autre fois dans ma vie... J'avoue après avoir lu toutes les histoires du Canon plusieurs fois, que ce n'est pas mon histoire favorite. Mais cela reste la première. Et nous n'oublions jamais la première histoire, n'est ce pas?

- Ah "Le Chien des Baskerville"... Un travail fabuleux. Vous n'êtes pas sans savoir qu'il s'agit là d'une des histoires qui a donné le plus de travail à Sidney Paget. Plus de soixante illustrations, toutes plus belles les unes que les autres!" fit Simon Berlin, finissant sa tasse et allant à la bibliothèque. Il en sortit avec force précaution les numéros du Strand de 1901 à 1902.

"Tenez, je vais vous faire découvrir de véritables trésors. Puis-je vous demander de mettre ces gants?". Berlin posa les volumes sur la table ronde proche de la Bibliothèque. Son interlocuteur s'approcha de la table ronde, visiblement ému.

Il resta silencieux en enfilant les gants, buvant les paroles de Berlin.

"Holmes avait disparu depuis plus de dix ans dans le "Dernier Problème", mais les lecteurs et surtout les spécialistes ne croyaient pas à sa mort. Que d'incohérences dans le récit! Mais que pouvait donc bien cacher le bon docteur Watson? Inutile de vous dire que l'agent littéraire Doyle, qui soit dit en passant avait été heureux de se débarrasser de ce qu'il avait fini par considérer comme des vedettes capricieuses, a subi des pressions énormes pour faire parler les uns et ressusciter les autres.

Cependant le temps efface tout, et au bout de ces dix années Doyle demanda à Watson la Vérité. Où était Sherlock Holmes, pourquoi avait-il disparu? Le brave docteur, nous ne le saurions que plus tard, ne pouvait pas encore expliquer ce qui s'était vraiment passé dans les chutes du Reichenbach... Contre une petite fortune, les bons comptes et les bons contes faisant les bons amis, il envoya à son agent littéraire avec qui il s'était rabiboché une œuvre hors du temps, c'est à dire hors de la chronologie du Canon, hors de Londres, hors de tout. C'est une œuvre suspendue dans le temps et l'espace que ce "Chien des Baskerville".

Watson et Doyle ignoraient comment allaient réagir les gens face à cette nouvelle aventure. On n'y répondait à aucune question du "Dernier Problème", le Héros ne ressuscitait pas. Et comble de l'histoire, Holmes était absent une grande partie de cette affaire.

Ce fut LE succès. Le Strand, à partir d'août 1901, fit les ventes les plus importantes jamais enregistrées dans l'histoire de ce magazine. Les points de vente étaient pris d'assaut et de longues queues se faisaient pour suivre les aventures du locataire de Baker Street…"

Simon Berlin continuait à évoquer les anecdotes concernant le "Chien des Baskerville", tout en montrant délicatement à son hôte les illustrations originales du Strand de l'époque.

Puis, sans que Titouan Quenner s'y attende, Berlin lui proposa de revivre sa découverte de Holmes, en fermant et en poussant vers lui les Strand:

"Tenez, j'ai assez parlé, et nous avons un peu plus d'une heure et demi avant dîner. Faites moi plaisir, profitez bien de ces feuilles. Elles contiennent un écrit immortel!"

Titouan Quenner en fut ravi, et fit simplement "Merci beaucoup M. Berlin. Revivre une première fois n'est pas donné à tout le monde."

Ce temps passa tellement rapidement… La sensation du vieux papier, même à travers les gants, les illustrations qu'il avait tenu à toutes étudier avec la loupe posée sur cette grande table ronde, et ce texte...

Mr. Sherlock Holmes who was usually very late in the mornings, save upon those not infrequent occasions when he stayed up all night, was seated at the breakfast table. I stood upon the hearth-rug and picked up the stick which our visitor had left behind him the night before. It was a fine, thick piece of wood, bulbous-headed, of the sort which is known as a "Penang lawyer." Just under the head a broad silver band, nearly an inch across. "To James Mortimer, M.R.C.S., from his friends of the

C.C.H.," was engraved upon it, with the date "1884." It was just such a stick as the old-fashioned family practitioner used to carry—dignified, solid, and reassuring.

"Well, Watson, what do you make of it?....."

CHAPITRE 5

Lorsque Berlin tapota l'épaule de son hôte, celui-ci sursauta. Il était dans la campagne profonde du Dartmoor, et voilà qu'on le rappelait à la Réalité. La descente fut presque violente. Titouan Quenner récupéra une partie des sens qui avaient totalement été pris par l'aventure de Holmes. Il vit une table parfaitement mise, et sentit une odeur agréable de mets qui s'annonçaient délicieux. Il entendit également une musique qu'il connaissait cette fois. En effet, Simon Berlin avait cette fois mis un concerto de Bach au violon, relativement bas mais bien présent. Titouan Quenner se leva tel un automate, s'apercevant qu'il avait effectivement faim. Il se dirigea vers la table de l'autre côté de la pièce.

"Quel voyage Monsieur Berlin! C'est quelque chose de fascinant!

- Les écrits de Watson transportent en effet. Mais je ne peux vous laisser continuer sans prendre de forces. Asseyez vous, je vous en prie, et laissez moi vous présenter M. Eugène Filrüj, qui nous a fait l'honneur de la composition de ce menu."

Titouan Quenner s'aperçut de la présence d'un homme, tout de noir vêtu, debout derrière Berlin.

"Bonjour Monsieur Quenner. Ce soir, je vous propose pour la mise en bouche quelques huîtres "Spéciales n°2", avec quelques grammes de caviar béluga. En entrée un tartare de daurade aux fines herbes. Puis, ce magnifique saint-pierre rôti aux artichauts et au beurre. Je suis heureux ensuite de vous proposer un plateau de fromages affinés. Et pour finir en toute simplicité, le moelleux au chocolat.

Pour le vin, Monsieur Berlin a choisi un Riesling allemand de 1984."

Puis, se tournant vers Simon Berlin. "Monsieur souhaite-t-il que je fasse venir Soufiane pour le service?

- Non, merci Eugène, vous avez encore proposé une table magnifique. Nous nous chargerons du reste.

- C'est entendu Monsieur Berlin. Je suis à votre disposition et vous souhaite une agréable soirée" répondit M. Filrüj avant de s'effacer.

Titouan Quenner était émerveillé.

"Vous recréez le Comte de Monte Cristo et les Mille et Une Nuits, Monsieur Berlin! C'est vraiment remarquable. Tout est d'un goût exquis.

- Si cela vous sied, j'en suis heureux. Un dîner simple et léger avec une grande qualité de produit. Mais je vous en prie, commençons."

Les 2 hommes avaient terminé les huîtres, en devisant de choses et d'autres, et commençaient leurs entrées, lorsque Titouan Quenner s'exclama:

"J'en suis encore stupéfait. J'étais certes un peu ailleurs, et je n'ai pourtant pas vu arriver cet homme, ni installer la table. Mais comment a-t-il pu préparer tout cela sans que je m'en rende compte? Et je ne parle pas de la des mets, qui sont d'une fraîcheur remarquable.

- M. Filrüj est, si je puis dire, un homme presque aussi spécial que l'ancien locataire de ces lieux. Cet homme est un livreur un peu particulier voyez vous. Je ne sais pas si vous avez remarqué le salon de thés et cafés en face, de l'autre côté de la Rue, le "Eugene's". Il lui appartient. Depuis ce salon, pour moi le meilleur de tout Londres, il a choisi d'étendre son activité d'une manière un peu particulière. Il est seul au monde à exercer ce métier je crois... c'est une espèce de "consultant gastronomique".

- Un consultant gastronomique?

- Oui... pour un nombre très réduit de clients, il met à disposition sa connaissance parfaite de la gastronomie, des restaurants et des Chefs, avec la contrainte du kilomètre 0. C'est à dire qu'il ne nous propose uniquement, à nous autres ses clients, que les mets à la carte de restaurants qu'il estime de grande qualité se situant à moins de 1 kilomètre du lieu où nous nous trouvons.

- Mais cela demande une logistique réglée comme une montre suisse!

- Et c'est là qu'entre en scène son collaborateur, M. Soufiane. Un expert qui se charge lui du transport des denrées, avec un matériel à la pointe de la technologie, permettant de conserver la fraîcheur, la chaleur des aliments. Car l'exigence de M. Filrüj est que la dégustation soit aussi parfaite qu'au restaurant.

- Et comment avez vous trouvé cette perle rare? C'est un service exceptionnel et je ne serai pas contre proposer ce service dans notre Maison!

- Je suis navré, mais c'est en quelque sorte lui qui vous choisit. Pour tout vous dire, j'allais régulièrement au salon Eugene's pour un café vénézuélien de plus en plus rare, et nous avons fait connaissance. De fil en aiguille, je lui ai présenté mon projet au 221B et lui m'a proposé ses services, parfaitement en adéquation avec ce que j'avais en tête."

CHAPITRE 6

Les deux hommes terminaient le plat principal et Berlin décida qu'il était temps de commencer à travailler:

"J'avoue M. Quenner, que vous avez piqué ma curiosité avec cet incident à l'Hôtel Arts et Collections. C'est une Maison que je connais très bien. J'ai fait quelques recherches au sujet d'un drame qui s'y soit produit, mais n'ai rien trouvé de relevant ou de croustillant!

- Ah... c'est une histoire qui serait ridiculement loufoque si elle n'était pas navrante... M. le Directeur en est extrêmement touché.

- Je connais bien Hichem Jocona. Sait-il que vous êtes ici?

- Oui, et il vous transmet ses salutations. Il m'a demandé d'ailleurs quand est ce que vous reviendrez sur Paris, souhaitant à tout prix vous avoir a l'Arts et Collections.
Entre nous, l'incident que je vais vous narrer lui fait très peur, car il ne souhaite pas voir ses meilleurs clients se détourner de l'Hôtel. Et surtout, il compte sur votre discrétion, bien entendu.

- Je comprends… Mais M. Quenner, que s'est-il passé?" susurra Berlin.

Titouan Quenner, but une gorgée de Riesling, puis se lança dans son histoire.

"Je vais essayer de vous narrer tout ce qui s'est passé, mais n'hésitez pas à me couper si quoi que ce soit manque de clarté.

Tout a commencé lors de la réouverture de l'Hôtel Arts et Collections il y a de cela deux semaines. Nous avions fermé pendant presque 2 ans, afin de faire certains travaux nous permettant d'avoir le même niveau de qualité et de matériel que nos concurrents sur le marché. C'était tellement long, mais peu à peu nous en vîmes le bout...

Et le Grand Soir arriva. M. Hichem et toute l'équipe, qui avait été entièrement maintenue pendant toute la durée des travaux, était excitée et folle de joie. Impatiente. L'hôtel affichait complet et nous avions tellement de beau monde, presque que des célébrités, triées sur le volet! Pour couronner le tout, M. le Directeur avait choisi, pour cette réouverture, de proposer aux invités une exposition d'une des artistes peintres les plus connues au Monde, Katrin Hohenauer.

Elle avait exigé carte blanche pour cette exposition, chose que M. le Directeur avait accepté sans sourciller "Quand on la chance d'avoir Hohenauer chez soi, on se tait et on admire" avait-il dit.

Elle avait même demandé à rencontrer les architectes et les ouvriers pendant les travaux afin de superviser certaines choses. On dit souvent que les artistes sont des êtres inconstants, sous l'empire des muses et des inspirations... Je vous avoue que cette artiste là ne laisse rien au hasard, ni aux muses ni aux inspirations.

"Mon petit monsieur, je n'ai de talent que ma force de travail, alors faites place à cette Force Qui Va" m'avait-elle dit un jour que je m'étonnais de la voir à la réunion de chantier des salons. Je ne sais pas pourquoi elle m'appelait "mon petit monsieur", mais M. le Directeur m'a dit que "lorsqu'on la chance d'être reconnu par Hohenauer, on se tait et on admire." Je me suis donc tu et ai tenté d'admirer les réunions de chantier suivantes.

Les architectes et les ouvriers se posaient moins de questions que moi. Très belle femme, ils étaient ravis, eux, qu'elle fût là. Au début tout du moins. Ils ont vite déchanté lorsqu'elle a commencé à commenter et critiquer objectivement l'avancement du chantier. Ils oublièrent très vite le physique pour bientôt la compter comme un mal imposé. Force est de reconnaître que si le chantier a fini dans les temps, c'est en grande partie grâce à une discipline quasi militaire qu'elle avait fini par imposer.

Le Grand Soir arriva donc vous disais-je. Les structures que vous connaissez ne changèrent pas radicalement et vous devez vous souvenir de nos espaces. Mais permettez-moi de vous les rappeler. Entrant par Rue de Cellecours, vous arrivez sur un très grand espace d'accueil, notre lobby. Sans doute un des plus grands de la Capitale! Au fond à gauche notre Conciergerie Clé d'Or et notre Réception. A droite, notre Purple Bar, toujours. Longeant le Purple, vous avez nos Grands Escaliers qui entourent un ascenseur de la Belle Époque, le tout classé aux Monuments Historiques

Et enfin, comme se juxtaposant au lobby, lui faisant face, notre fameux Patio Espagnol, dont le corridor donne accès aux différents salons.

C'est dans cet espace magnifique de plus de 8000 m2 où se tint la cérémonie d'inauguration, avec l'exposition de certaines œuvres magnifiques de Katrin Hohenauer. Rendez-vous compte, après de longues tractations, nous avons même eu la chance de nous faire prêter les œuvres "Kleiner Elefant im Weltall" et "Blaue Tigerin"! Sans oublier que l'Artiste nous a fait don d'une de ses œuvres "Das Kind mit seinen Sorgen"!

Les invités descendaient de leurs chambres. D'autres arrivaient dans de luxueuses voitures. C'était un véritable défilé qui coulait à travers les portes de l'Hôtel Arts et Collections, et le champagne était bien là pour accueillir tout le monde. La soirée commençait sous les meilleurs auspices.

M. le Directeur ne fit pas un très long discours, rappelant surtout que l'Hôtel Arts et Collections n'avait pour but que d'être la Maison des Artistes, et remerciant à tous d'être venus. J'entendis également de grands applaudissements à l'évocation du nom de Katrin Hohenauer. Tout avait été fait pour mettre en valeur les œuvres, qui elles-mêmes réfléchissaient la beauté de la Maison.

Tout à coup, au milieu des festivités, un cri descendit des Grands Escaliers. Nous étions avec M. le Directeur en train de saluer l'Ambassadrice d'Allemagne Mme Kroetz, lorsque nous l'entendîmes. Nous nous y précipitâmes, craignant alors une mauvaise chute. Mais aussi rapides que nous fûmes, nous arrivâmes après M. Saint-Clair, responsable de la sécurité de notre Maison, qui déjà portait une femme évanouie semble-t-il vers le Purple Bar, qui avait été fermé pour l'occasion.

"Ciel, mais il s'agit de Rachel Clamorin!" S'exclama M. le Directeur. J'avais vu son nom sur la liste des invités, et son visage m'évoquait en effet quelque chose. M. Hichem, lui, était presque intime avec l'ensemble des clients.

"Mais si Quenner voyons! Il s'agit de la présentatrice vedette de "Vends Ma Belle Villa", sur la 6!"

"Ah!" Ni Jérôme Saint-Clair ni moi n'avions de villa à vendre et nous n'étions manifestement pas assidus à ce programme de télévision. Dans sa robe orange vif, évanouie, elle n'était malheureusement guère à son avantage. Comme pour répondre à nos yeux interrogatifs, Saint-Clair maugréa "Aucune chute dans les Grands Escaliers, je suis affirmatif."

La victime, allongée sur un des divans du bar, reprit ses esprits pendant un court instant. "Ma brosse à dent! Ma brosse à dent a disparu!" Puis, elle s'évanouit pour de bon.

CHAPITRE 7

M. Hichem était au téléphone, tentant une négociation serrée.

"Oui à l'ambulance, mais surtout qu'elle s'arrête sur la voie pompier, pas sur la Rue de Cellecours je vous en prie. Cela est très important!"

Pendant ce temps, nous échangions nos impressions avec Saint-Clair.

"Une brosse à dent… ce qu'il ne faut pas entendre! Nous aurons tout vu dans cette Maison. Je préviens immédiatement un groom qu'il aille remettre une brosse à dent dans la chambre de Mme Clamorin" dis-je, avec un sourire qui ne partait pas de mes lèvres

Jérôme Saint-Clair ne riait pas, et semblait même sérieux. "Ceci est assez extravagant tout de même… Si j'en crois sa tenue cette dame aime certes attirer l'attention, mais ne semble en rien portée sur le mélodramatique."

- Allons Jérôme, il s'agit là d'une extravagance, rien de plus!

- J'espère Titouan, j'espère…"

Rachel Clamorin ouvrit les yeux, et sans attendre but d'un trait le verre de whisky que lui avait préparé M. le Directeur.

"Chère Rachel, comment vous sentez-vous?

- Hichem… je pensais l'Hôtel Arts et Collections un lieu au dessus de tout soupçon. Et à quoi faut-il s'attendre d'autre dans ce boui boui? A des punaises de lit?

- Mais que voulez-vous dire ? Ecoutez, quel que soient vos griefs, soyez certains que je ferai tout personnellement pour y remédier. J'espère que vous savez à quel point j'attache de l'importance à ce que mes invités se sentent comme chez eux dans notre Maison. Vous êtes livide Rachel! Souhaitez vous boire autre chose pour mettre un peu de clarté dans votre esprit?

- Les choses sont très claires Hichem, ma brosse à dent s'est volatilisée! Elle était dans la salle de bains, et elle n'y est plus.

- Et bien, chère amie, nous la remplacerons!" fit naturellement M. le Directeur habitué aux caprices de certaines personnalités. M. Quenner ici présent a déjà donnés les instructions pour que cela soit fait dans les délais les plus brefs.

- Vous allez remplacer ma brosse à dent?"

J'allais répondre lorsque M. Saint-Clair prit les devants.

"Madame, je suis M. Saint-Clair, responsable de la sécurité de l'hôtel. Avant toute chose, vous dire que je suis désolé de cette disparition, dont vous avez été victime. Vous êtes une femme pragmatique, c'est en tout cas ce qui ressort de vos superbes émissions" quel menteur éhonté ce Jérôme! me dis-je par devers moi. Il continua néanmoins. "Pouvez-vous nous dire pourquoi cette brosse à dent vous est si précieuse?"

A ce moment-là, nous entendîmes un grand coup de tonnerre dans le Purple Bar:

"Lâchez-la, Satyres!"

Nous nous retournâmes tous, dans la synchronisation la plus parfaite. Katrin Hohenauer était sur le seuil de la porte du Purple Bar. Véritable allégorie de la Justice avec les mains sur les hanches et le menton levé, nous la vîmes prête à bondir et à faire respecter la loi.

De mes lèvres ne sortirent qu'un argument bien faible, qui me valurent un regard courroucé de M. le Directeur "Mais… mais, Madame, le Purple est fermé!

- Mon petit monsieur, ne savez-vous pas encore que RIEN ne m'arrête?" Elle avait suspendu néanmoins ses gestes menaçants, ayant vu M. le Directeur, notre responsable de la sécurité dont les 2m01 ne passaient pas inaperçus, et surtout Rachel Clamorin dont un regard la rassura. Les intentions de ces messieurs n'étaient donc pas forcément hostiles.

"M'expliquerez-vous enfin ce qui se passe ici?" exigea-t-elle cependant.

M. le Directeur s'éclaircit la gorge et d'une toute petite voix dit: "Un petit incident ma chère, rien qui ne doive altérer votre humeur, ni surtout l'exposition. Voulez-vous que nous rejoignions nos invités? Ils doivent être en train de s'extasier devant vos créations et…"

Rachel Clamorin se dressa sur son séant, et le coupa d'un air outré:

"Excusez-moi Hichem, je suis peut être très émotive… mais voyez-vous j'attache une grande importance à cette brosse à dent. Il n'y a que ce monsieur très grand qui a fait preuve d'un peu de tact."

Je remarquais que notre responsable de la sécurité faisait surtout preuve de patience. Il demanda de nouveau: "Vous alliez nous dire pourquoi cette brosse à dent vous était si précieuse Madame.

- Ma brosse à dent est unique, c'est un présent de la part de ma hiérarchie pour me remercier de l'excellent travail effectué cette année!

- Ah, je comprends" fis-je, voyant déjà notre cliente comme une fétichiste invétérée.

- Vous ne comprenez rien du tout! C'est un modèle unique, sur mesure. En titane, et avec un diamant incrusté! Le prix de cette brosse à dent est de plus de 16.000,00 €!"

CHAPITRE 8

Je m'assis sous le choc. Comment peut-on avoir l'idée d'offrir une brosse à dent à ce prix là?

M. Hichem, qui était assis, se leva, lui. Et prit son téléphone "Passez moi immédiatement Evelyne à la comptabilité (silence de 2 secondes). Merci (silence de 5 secondes). Evelyne, oui. Faites créditer je vous prie, et sans attendre, un virement de 16.000,00 € sur la carte bleue de Mme Rachel Clamorin (silence de 3 secondes). Oui, Madame séjourne actuellement à l'hôtel. Merci Evelyne." Puis il se retourna vers sa cliente encore les yeux dans le vide:

"Rachel, je vous en prie, ne laissez pas cette perte vous submerger.

- Merci Hichem, pour le virement, vraiment. Je ne me sens pas bien… si j'osais encore?

- Osez Madame, osez! Ne voyez vous pas que Hichem est prêt à tout pour se faire pardonner d'une faute qui n'est même pas de son fait?" fit Katrin Hohenauer.

"Je… j'aimerais changer de chambre, je ne me sens plus en sécurité." Ce fut alors comme un coup de massue pour M. le Directeur. Ce dernier encaissa le coup, et pâle rétorqua:

"Je vous assure que vous n'avez rien à craindre Rachel, je vous le garantis personnellement. Mais nous ne pouvons malheureusement vous changer de chambre, nous sommes complet... Souhaitez-vous que nous appelions un hôtel proche?

- Oui Hichem, je veux bien. Je suis désolée."

M. le Directeur se tourna vers moi. "M. Quenner, veuillez appeler de ma part le Palace Lionceau et bloquer pour Mme Clamorin une Suite Deluxe Collection, courtoisie de l'Hôtel Arts et Collections. Nous allons procéder à son transfert quand Madame se sentira prête." Puis vers notre responsable sécurité: "M. Saint-Clair, montez avec Mme Clamorin dans sa chambre, afin qu'elle puisse préparer ses affaires pour son départ. Et je vous laisse contacter les autorités afin de donner suite à cette histoire."

Toujours grave, il prit la main de Rachel Clamorin: "Sachez que je souffre de cette situation et que nous serons implacables quant à la recherche de cette… brosse à dent. Je passerai vous voir demain au Lionceau pour vous saluer. En attendant, je vous confie à notre responsable sécurité, qui veillera sur vous jusqu'à votre départ."

Les traits se détendirent un peu lorsqu'il posa ses yeux sur Katrin Hohenauer. "Chère Katrin, nous avons déjà pris trop de temps à nos invités qui vous veulent auprès de vos œuvres. Y allons-nous?

- J'ai déjà vu mes œuvres, je préfèrerais tellement rester auprès de Mme Clamorin…

- Madame, les gens s'agglutinent devant "Blaue Tigerin", il *faut* que vous leur expliquiez la genèse de ce tableau. Ne laissons pas ce sinistre événement nous détourner de cette belle soirée!

- Oui, vous avez raison Hichem, allons porter la bonne parole…" firent-ils en sortant du Purple Bar.

CHAPITRE 9

Je partis quant à moi en direction de nos bureaux afin de suivre les ordres de mon directeur. La suite des événements m'a été narrée par M. Saint-Clair. Je suis donc en capacité de les rapporter tels quels.

Restés seuls, ce dernier proposa à Mme Clamorin un verre d'eau auquel il rajouta un peu de sucre.

"Sans sucre, c'est possible?

- Buvez" fit laconiquement Saint-Clair.

En silence, Mme Clamorin but son verre d'eau sucrée. Saint-Clair s'assit à côté d'elle et se tinrent coi de longues minutes. Rachel Clamorin, inconsciemment peut être, laissa choir sa tête sur l'épaule du responsable de la sécurité. Sa peau, couleur cannelle, reprenait un teint un peu plus normal. Le visage de Saint-Clair prit également des couleurs.

L'inaction le pesant au bout d'un moment (et surtout relativement gêné de la position dans laquelle il se trouvait),

Saint-Clair se leva et donna son bras à Mme Clamorin pour sortir du Purple Bar. Le couple était étrangement assorti: un véritable colosse engoncé dans son costume sombre donnant le bras à une dame d'assez petite taille portant cette robe orange vif. L'objectif était de rejoindre discrètement les ascenseurs. De toute manière, l'attention générale était concentrée à l'autre bout du lobby, où Katrin Hohenauer semblait donner un cours magistral devant un parterre de costumes distingués et de robes élégantes. Tous autour du magnifique tableau à la valeur inestimable, le "Kleiner Elefant im Weltall"…

Une fois arrivés au 5ème étage, ils se dirigèrent vers la chambre outragée. Faisant jouer son pass, Saint-Clair ouvrit la porte et rentra d'un pas décidé. Rachel Clamorin, frissonnante, le suivit.

Il jeta un coup d'œil circulaire, et n'observa rien de particulier. Une des chambres "Superior" c'est à dire la catégorie la plus basique de l'établissement, sans terrasse. Pas de chambre communicante non plus constata-t-il. Il huma l'air mais ne put rien sentir autre chose que le parfum de la cliente. Il rentra dans la salle de bain:

"C'est ici Mme Clamorin, que vous aviez laissé votre brosse à dent? Dans un verre peut-être?

- Oui, c'est là, par contre pas dans un verre, quelle idée!... Mais s'il vous plaît Jérôme, appelez-moi Rachel… Le "Madame Clamorin" me vieillit affreusement. Je ne suis pas si vieille que ça, n'est ce pas?

- Bien sûr que non, Rachel" se força Saint-Clair.

"La coquetterie revient, tant mieux", tentait de se concentrer le responsable sécurité. Mais il faisait tout à coup étrangement chaud dans cette chambre. Il se dirigea vers le thermostat, mais celui-ci affichait 21° seulement.

"Vous avez raison, il fait froid dans cette pièce, si vous voulez augmenter la température, je vous en prie" lui enjoignit Rachel Clamorin, qui sortit sa valise de l'armoire près de l'entrée, puis ses effets de l'armoire.

"C'est fait" fit-il. Il n'en avait évidemment rien fait du tout.

Saint-Clair s'assit sur une des chaises proche de l'entrée: " Vous me disiez que mettre une brosse à dent dans un verre est une mauvaise idée?

- Evidemment Jérôme! C'est un nid à bactéries et infections!

- Cela dépend dans le sens où on met la brosse à dent, non?"

Rachel Clamorin le regarda, dépitée: "Mais bien sûr Jérôme…"

Ce dernier préféra couper court ce dialogue qui allait le mener dans une impasse, et sortit son téléphone pour prendre quelques notes.

"Les souvenirs sont malheureusement frais Rachel. Mais cela peut être un mal pour un bien, car vous avez tous les détails bien en tête. Nous aurons ainsi tous les détails que vous n'aurez plus qu'à ressortir lors du dépôt de plainte à la Police tout à l'heure.

- Je porterai plainte demain, je suis par trop fatiguée, et ne veux plus voir personne Jérôme. Je ne dis pas ça évidemment pour vous, vous me... tranquillisez.

- Je resterai avec vous tout le temps nécessaire Rachel. Je vais vous poser certaines questions et vous n'aurez qu'à me répondre… à quoi ressemble une brosse à dent de plus de 16.000,00 €?"

Cette fois, Rachel Clamorin esquissa un sourire: "Tenez, je vais plutôt vous montrer une photo, ce sera bien plus parlant". Saint-Clair prit le téléphone qu'elle lui tendait. Il vit ce qui lui sembla être un petit bijou épuré à l'extrême, d'une couleur noir mat: d'abord une base triangulaire avec un diamant orange de belle taille en son centre. Puis, posée sur cette base, presque flottante, la brosse à dent elle-même. Avec un manche aux allures modernistes et une tête aux poils noirs. Une telle sensation de légèreté émanait de cette brosse à dent...

"C'est beau" reconnut Saint-Clair, qui catalogua d'un coup le vol effectué comme un "vol de bijou". Procéder à une enquête sur le vol d'une brosse à dent lui avait semblé par trop grotesque.

"La base est du coup plus précieuse que la brosse à dent, n'est ce pas?

- C'est un tout Jérôme... comme je vous le disais, le manche a été fait sur mesure pour moi, dans le titane le plus pur. Les poils de la brosse sont en nylon souple, infusés au charbon végétal, d'une douceur incomparable...

- Je comprends Rachel", fit Saint-Clair qui ne comprenait rien du tout. "Mais le diamant est bien sur la base?

- Oui, mais que ferais-je d'une base sans brosse? Ceci dit, il est vrai que plus de la moitié de la valeur de la brosse à dent est du fait du "Fancy Deep Brownish Orangy 052".

- Du quoi?" fit Saint-Clair qui continuait à prendre des notes.

"C'est le nom du diamant cher ami", répondit simplement Rachel Clamorin, qui se remit doucement à ranger ses affaires.

"Très bien" toussota Saint-Clair, "Vous êtes arrivée aujourd'hui à l'hôtel, n'est ce pas?

- Tout à fait, vers 14h45.

- Pouvez-vous me dire ce que vous avez fait depuis ce moment là?

- Oui... j'ai fait mon Check In, Hichem est d'ailleurs venu me saluer à ce moment, et m'accompagna jusqu'au seuil de ma chambre. Je fis couler un expresso, pendant que je déballais les affaires... que je suis en train de remballer maintenant" fit Rachel, réprimant un sanglot "J'étais tellement heureuse de pouvoir être de la Fête de la Réouverture de l'Hôtel Arts et Collections!

- Parmi les affaires, il y avait bien entendu votre brosse à dent?

- Oui, bien sûr! Je me suis brossé les dents juste avant de ressortir!

- Pardon Rachel, vous en étiez au café expresso. Ce café, vous l'avez pris seule?

- Oui, seule. Hichem n'est même pas rentrée dans la chambre vous ai-je dit. J'avais besoin d'un petit stimulant car un de mes producteurs m'attendait en bas, dans le lobby, pour un rendez-vous que nous avions convenu. Mes affaires déballées, affaires de toilette incluses, je savourais donc mon café. Je me souviens avoir regardé ma montre, et vis que le temps avait passé si vite! Je me brossais les dents, passais ensuite une petite veste avant de sortir de la chambre et descendis à la hâte par les escaliers. Les ascenseurs prennent trop de temps pour arriver.

- Il était quelle heure?

- Très précisément 15h30, j'avais rendez-vous à cette heure là!

- Très bien!" fit Saint-Clair qui notait tout consciencieusement. "Vous aviez rendez vous dans le lobby donc à 15h30?

- Oui, mais Hichem a insisté pour que nous allions dans un des salons privés derrière le Patio afin que nous soyons plus tranquilles.

- Pardonnez-moi Rachel, mais comment M. Hichem était-il au courant de cette réunion avec votre producteur?

- Car je le lui ai dit. Lorsqu'il m'a accompagné à ma chambre, il m'a demandé si je voulais boire un verre au Purple Bar avec lui. Je lui ai répondu que c'eût été avec plaisir n'eût été ce rendez-vous avec mon producteur.

- D'accord, c'est à dire que, sur le seuil de votre porte, vous avez dit à M. le Directeur que vous alliez sortir sous peu vous rendre à un rendez-vous?

- Oui."

Saint-Clair se gratta la tête. "Rachel, c'est au moment de revenir dans votre chambre, après votre rendez-vous que vous avez constaté la disparition de la brosse à dent?

- Oui.

- D'accord. Vous souvenez-vous d'avoir vu quelqu'un d'autre dans le couloir, pendant que vous parliez avec M. Hichem?

- Je ne sais pas Jérôme! Je n'ai pas fait attention!

- Bon, il n'y avait en tout cas personne que vous connaissiez du coup, autrement vous l'auriez reconnu et salué.

- Oui… oui, bien sûr.

- Parfait. Quelle heure était-il lorsque vous êtes remontée de votre rendez-vous?

- Environ 19h45, 19h55 et...

- Vous êtes remontée seule?" la coupa Saint-Clair

"Bien sûr Jérôme, avec qui voulez-vous je monte? Vous êtes la seule personne à être rentrée dans ma chambre!

- Avec vous en tout cas… car manifestement quelqu'un s'est introduit ici pendant votre absence. Mais pardonnez-moi, je vous ai coupé. Vous disiez que vous étiez remontée à 19h55.

- Oui, pour me préparer pour la soirée. Je me suis donc vêtu de cette superbe robe, et suis allé dans la salle de bain pour me maquiller. C'est là… c'est là que je me suis aperçu que ma brosse à dent n'était plus là où je l'avais laissé. J'ai fouillé partout, j'ai cru devenir folle… Puis suis ressortie de cette chambre tellement vite, je déboulais dans les escaliers, sans savoir où j'allais vraiment. Et je suis tombé sur vous. Après… après vous connaissez la suite aussi bien que moi."

CHAPITRE 10

Les effets prêts, Rachel Clamorin et Jérôme Saint-Clair me rejoignirent dans mon bureau, où attendait un médecin.

"Vu que vous avez pris votre temps" reprochai-je à Jérôme, "j'ai cru comprendre que l'ambulance n'était plus utile. Je l'ai donc renvoyée, mais me suis permis d'appeler le Docteur Guilbert et lui raconter un peu la situation, afin qu'il puisse rapidement examiner Madame Clamorin."

Rachel Clamorin se sentait déjà mieux: "Ce n'est pas la peine, je vous assure. Ce fut le choc qui a eu raison de moi."

Le docteur s'avança néanmoins vers Rachel Clamorin tout en grommelant "Je suis désolé mais je suis venu jusqu'ici. Alors nous allons vous examiner ma petite dame. Vous savez, je devrais être avec des patients, avec de vrais soucis je veux dire. Alors il fallait réfléchir avant de tomber dans les pommes pour la perte d'une foutue brosse à dent…" Heureusement que notre cliente n'entendit pas, autrement nous risquions le second évanouissement de la soirée.

L'examen achevé, Jérôme Saint-Clair accompagna Rachel Clamorin à son nouvel hôtel. Il revint rapidement néanmoins, l'établissement de nos confrères se situant relativement proche de l'hôtel Arts et Collections.

Je le vis me rejoindre dans le lobby, les sourcils plus froncés que d'habitude. Je pensais de prime abord qu'il avait été relativement ennuyé d'avoir perdu son temps à escorter Mme Clamorin.

"Qu'en penses-tu Jérôme, c'est du délire n'est ce pas?

- Je ne sais pas, c'est bizarre quand même cette histoire.

- C'est ballot tout de même de ne pas avoir installé de caméras de surveillance aux étages… confidentialité, confidentialité, je veux bien mais quand même!

- Tu veux bien venir à mon bureau, je vais vérifier quelque chose rapidement."

Nous y allâmes, devisant de l'affaire. Arrivant devant son ordinateur et l'allumant, Saint-Clair continuait: "Rachel… Mme Clamorin, excuse moi, m'a donc raconté son histoire, qui est assez remarquable car d'une simplicité absolue.

Elle est arrivée vers 14h45, déballé ses affaires dont la brosse à dent, jusqu'à 15h30 puis est descendu à un rendez-vous. Une fois celui-ci terminé, elle est remontée un peu avant 20h00. Personne dans sa chambre lorsqu'elle y était, même M. le Directeur n'est pas entré lorsqu'il l'a accueilli.

- Donc ?

- Donc partant du principe que notre cliente ne délire pas et que cette brosse à dent, enfin ce bijou a bien été volé, le voleur n'a pu entrer que par la porte...

- Mais bien sûr, tu as raison Jérôme! Et avec le "KeyControl", nous pourrons vérifier les allées et venues dans la chambre.

- Pour être précis, nous pourrons vérifier les entrées au moins. C'est à dire à que, si le PC veut bien s'allumer, nous allons voir quand est ce qu'une clé a été utilisée pour entrer dans cette chambre entre 15h30 et 20h00. Une fois que nous verrons le moment de l'effraction nous pourrons tracer la clé en question et savoir à qui elle a été remise."

C'est alors que M. le Directeur entra dans le bureau: "Du neuf?" Nous lui expliquâmes ce que nous nous apprêtions à faire, il s'assit donc à côté de nous.

Le "KeyControl" rendit son verdict, et il fut sans appel. Ce fit Jérôme Saint-Clair qui se prononça le premier:
"Personne n'a fait usage d'une clé entre 15h30 et 20h00... il y a ici l'entrée de Mme Clamorin à 14h49 qui doit correspondre à son arrivée, puis son retour à 19h53...

- C'est incompréhensible..." souffla M. le Directeur

J'ajustais ma cravate, et regardant toujours l'écran, je commençais à mettre en doute l'honorabilité de notre cliente. Saint-Clair me regardait, et M. le Directeur me coupa court: "Je connais Rachel Clamorin depuis de longues années, c'est une personne honnête. J'en mets ma main à couper.

- Vous avez déjà donné 16.000,00 € M. le Directeur, sans vérifier quoi que ce soit. C'est une belle preuve de confiance. Mais comme vient de nous le montrer le "KeyControl", personne n'est entrée dans cette chambre pendant son absence" lui rétorquais-je.

"Allons Saint-Clair, qu'en pensez-vous?" fit M. le Directeur, se tournant vers notre Responsable de la Sécurité.

"Le "KeyControl" est un système très fiable messieurs… et les faits sont têtus. Mais M. le Directeur, je ne peux m'empêcher de penser comme vous. Quelque chose nous échappe."

Les bras m'en tombèrent. Comment M. le Directeur et notre Responsable de Sécurité ne pouvaient pas adhérer à l'hypothèse la plus évidente et la plus vraisemblable?

"Messieurs, prenons les faits froidement, voulez-vous. Le recul que j'ai est dû au fait que je ne connais pas personnellement Mme Clamorin, et que je n'ai pas passé beaucoup de temps avec elle ce soir.

Mais elle affirme qu'il y a eu un vol ce soir dans sa chambre. Or nous voyons, *nous voyons*, que personne n'a utilisé de clé pendant son absence pour entrer dans sa chambre. Que devons nous en conclure? Pour ma part, et sans avoir aucun a priori, je pense que cette brosse à dent, si jamais elle existe, n'a pas été volée. Nous pouvons donc appeler la police, afin de leur confier cette affaire et peut être penser à un dépôt de plainte contre Mme Clamorin, qui vient d'empocher 16.000,00 €…"

Jérôme Saint-Clair était pensif, et d'une voix sourde dit: " Ce qu'expose Titouan est limpide et ne peut être nié. Cependant, je vous fais juste remarquer que Mme Clamorin n'a rien demandé et que c'est M. le Directeur qui a pris l'initiative de procéder à un versement correspondant au prix estimé de la brosse à dent.

- C'est vrai ça! Comment pouvez-vous l'expliquer Titouan?" me toisa M. le Directeur, presqu'agressif.

"Je ne sais pas M. le Directeur. Elle vous connaît aussi, elle sait que vous alliez faire un geste...

- C'est une grosse mise en scène pour une hypothèse, Titouan." répondit Saint-Clair.

"Mais qu'avait-elle à perdre, je vous le demande? Son coup de poker a fonctionné, et voilà!"

Nous restâmes pensifs un long moment tous les trois. Ce fut M. le Directeur qui fendit le silence.

"Je suis désolé Titouan, de vous avoir maltraité, mais vous êtes le seul à avoir fait usage de votre tête, exclusivement. Nous n'allons pas porter plainte, je ne veux pas que cette histoire sorte des ces murs. J'irais demain personnellement rendre visite à Mme Clamorin pour lui expliquer ce que nous nous sommes dit ce soir. Que nous ne donnerons pas de suite à l'affaire, mais qu'étant donnés les doutes lourds qui pèsent sur sa personne, elle n'est malheureusement plus la bienvenue dans notre Maison.

- Monsieur le Directeur, laissez moi un peu de temps avant de faire cela." demanda Saint-Clair.

"Mais Jérôme, quelles autres pistes peuvent être envisagées? Vous même dites que la chronologie des événements est claire comme de l'eau de roche.

- Nous pouvons interroger les invités que nous avions au même étage, savoir s'ils ont vu quelque chose. Peut être y a-t-il quelque chose à laquelle nous n'avons pas pensé.

- Et faire davantage de "bruit" autour de cette affaire? Non merci!

- Il s'agira d'un nombre limité de personnes, toujours sous votre contrôle M. le Directeur. Nous pouvons voir les personnes ayant fait usage de leurs clés entre 15h30 et 20h00, au même étage que Mme Clamorin et leur demander s'ils ont vu quelque chose qui leur semblait extraordinaire.

- Très bien Jérôme, disons que demain à la première heure, nous allons nous charger de cela. Je suis le premier à être attristé, n'ayons pas peur des mots, de la situation. Mais demain avant 12h00, je souhaite mettre un terme à cette affaire." conclut M. le Directeur.

CHAPITRE 11

Jérôme Saint-Clair arriva tôt à l'hôtel le jour suivant, avec la ferme intention de ne pas gaspiller la moindre minute.

M. le Directeur était déjà dans son bureau, tous les journaux déjà feuilletés. Il était ravi d'avoir lu les éloges sur la réouverture de l'Arts et Collections et de l'exposition de Katrin Hohenauer. Mais, et il devait bien se l'avouer, il était surtout soulagé qu'aucun papier ne soit édité sur la disparition de la brosse à dent.

Voyant son Responsable de la Sécurité marcher d'un pas décidé, il le héla:

"Bonjour Jérôme. Alors, comment allons-nous procéder?

- Bonjour M. le Directeur. Je vais checker le "KeyControl" de tous les invités du 5ème étage. Si nous avons des correspondances, c'est à dire des clients qui sont entrés dans ce créneau, je me permettrai de venir vous voir. Nous pourrons leur demander si leur séjour chez nous se passe bien, et nous assurer que rien ne trouble leur quiétude.

- Entendu. J'imagine que vous avez pensé à interroger les personnels en charge des étages?

- Oui. Pour tout vous dire, j'avais déjà commencé hier. Mais aucun service en chambre n'a été demandé et le rafraîchissement des chambres allait commencer à 20h30 au 1er étage. Pour le 5ème étage, le service a commencé à 21h50 très précisément. Profitant du fait que tous les invités de ce soir étaient conviés à la fête de Réouverture, il avait été planifié un peu plus tard que d'habitude. Je m'en suis assuré dès hier soir avec M. Victor Simagres, qui, étant donnée l'importance de la soirée, était même sur place avec tout son staff. *Il avait bien tout noté*. Il s'assurait même personnellement de la bonne exécution des rafraîchissements!

- Nous avons la chance de compter sur M. Simagres, c'est un prestataire bien consciencieux! Bien... donc notre seul espoir si j'ose dire est le "KeyControl"?

- Je le crains M. le Directeur. Si Monsieur permet, je souhaite commencer dès à présent.

- Oui, oui bien sûr Jérôme. A tout à l'heure.

- Merci M. le Directeur. A tout à l'heure."

Une fois dans son bureau, Saint-Clair prit un soda, et s'installa devant son écran. Il y avait 43 chambres au 5ème étage de l'hôtel, et la vérification lui prit plus de deux heures. Pour au final n'avoir qu'une seule et unique clé ayant fait une entrée en chambre à 17h05, un certain Jonathan Huffy. Ce nom ne lui disant rien, il consulta la fiche client mais il ne fut guère avancé; si ce n'est le fait qu'il ne s'agissait pas d'un client habituel de la Maison, qu'il avait fait Check In la veille de la fête d'inauguration, et ferait son Check Out aujourd'hui même, c'est à dire le lendemain du vol présumé, aucune autre information n'apparut. Saint-Clair espéra que M. le Directeur saurait lui en dire davantage.

Ce fut moi, qui étais à présent avec M. le Directeur, qui put le renseigner.

"Bonjour Jérôme. M. Huffy... oui, le journaliste américain de la gazette "Echoway". Il s'agit d'un de ces journalistes qui couvrent les inaugurations des belles adresses. Un petit parasite en quelque sorte, qui vient se goinfrer de petits fours, et duquel on espère tirer quelques lignes positives dans leurs papiers.

- Monsieur fait son Check Out aujourd'hui.

- Dans ce cas, il doit être en train de bien profiter du buffet du petit déjeuner. Nous pourrons peut être l'y attraper."

Traversant le lobby et arrivant devant le restaurant, nous fûmes reçus par le Maître d'Hôtel: "M. le Directeur, Titouan, Jérôme, bonjour.

- Bonjour Emilien. Nous cherchons à savoir si M. Huffy est en salle.

- Bien sûr M. le Directeur, attendez que je regarde le numéro de sa chambre."

"C'est la 501, Emilien.

- Très bien, merci Jérôme. Je vérifie… oui M. Huffy devrait encore être en salle. Oui, d'ailleurs, je me souviens. C'est le ressortissant nord américain qui, hier matin, nous avait demandé de rajouter du sirop d'érable, mais comme à Anchorage. Il est juste derrière le buffet, et il est seul. Enfin, avec sa… grosse valise rouge.

- Merci Emilien.

- A votre service M. le Directeur."

Nous allions rentrer dans le restaurant lorsque nous vîmes également arriver Katrin Hohenauer, dans un peignoir violet vif. Elle nous salua : "Comment allez-vous Hichem, M. Saint-Clair? Avez-vous des nouvelles de Mme Clamorin? Et vous mon petit monsieur? Il ne me semble pas vous avoir beaucoup vu hier! M. Saint-Clair était en train de parfaitement gérer seul la situation, je m'attendais à ce que vous fussiez présent pour mes exposés. Mais peut être ne vous intéressaient-ils pas? L'Art vous laisse froid peut être?"

Je devinais le sourire narquois de Jérôme Saint-Clair. Piqué au vif de bon matin, je décidais donc de rétorquer:

"Bonjour Mme Hohenauer, j'espère en tous les cas que l'exposition a suivi vos désirs, qu'elle a été à la hauteur de vos expectatives. Bien qu'absolument admiratif de votre art, avec cette sombre affaire, je n'ai pas eu le loisir de contempler vos œuvres en profondeur, ni eu le plaisir d'entendre vos exposés.

Heureusement que nous avons cette œuvre, qui fait la fierté de notre lobby!" fis-je en désignant un des tableaux de l'Artiste, appelés à être exposé de manière permanente dans notre Maison.

- Ah... mon petit monsieur aime "Das Kind mit seinen Sorgen". Ca ne m'étonne pas... Mais je suis une ingrate Hichem", fit-elle en se retournant vers son tableau. "Je vous ai fait don d'un tableau... incomplet... il manque définitivement quelque chose là...

- Mais que dites vous très chère, ce tableau est absolument fabuleux, d'une valeur inestimable, loué par les plus grandes critiques!" répondit M. le Directeur. Il allait continuer son dithyrambe lorsqu'il s'aperçut que l'Artiste ne l'écoutait déjà plus. Elle faisait face à son œuvre, immobile et concentrée.

Nous laissâmes là l'Artiste et nous avançâmes jusqu'à l'Américain qui bien que seul semblait s'être servi pour deux. Des œufs brouillés, des œufs à la coque, de la charcuterie, du fromage, un thermos de café entier, des yaourts... Nous nous présentâmes d'ailleurs juste quand il demandait un jus d'orange pressé.

Je me suis demandé comment un homme pouvait-il avaler tout cela? Nous avions en face de nous un homme grand mais surtout, et c'était surprenant, assez sec. L'allure d'un adolescent, comme ces hommes que je pouvais voir dans les pochettes des plus vieux albums des Beach Boys.

"Bonjour M. Huffy, je suis M. Jocona, le propriétaire de cet établissement. Et voici mes collaborateurs, M. Quenner, le Directeur Commercial et M. Saint-Clair, Notre Responsable de la Sécurité.

\- Messieurs bonjour" répondit l'Américain, soudainement gêné par la quantité pantagruélique de nourriture se trouvant sur sa table.

"Vous êtes avec quelqu'un, je présume" persifla Saint-Clair.

"Non, non, messieurs, je suis seul... asseyez vous je vous prie.

\- Merci M. Huffy. Nous souhaitions savoir si vous étiez satisfait de votre séjour chez nous ?

\- D'un côté comment ne pas l'être M. Quenner? Une chambre splendide, une fête de réouverture avec peut être l'artiste peintre la plus douée de sa génération -en tous les cas, ceux dont les tableaux sont les plus chers- et un restaurant... voyez vous même" fit l'Américain en désignant son assiette. "Tout est tellement bon que j'ai peur de rater quelque chose. Du coup je goûte à tout!

\- Nous en sommes heureux. Je devine du coup qu'il y a un "mais..." coupa Saint-Clair.

\- Et bien oui, je suis content que vous soyez venu vous expliquer pour ce qui s'est produit hier après midi. J'ai cru à une mauvaise plaisanterie...

- Nous vous écoutons.

- Et bien, j'étais dans la chambre, en train de travailler lorsqu'on sonna à ma porte. "Service" entendis-je. Je me levai pour ouvrir la porte et un groom de l'hôtel me dit qu'il y avait quelqu'un qui attendait dans le lobby pour moi. Que c'était urgent et que je pouvais descendre avec lui. Je n'attendais personne, et trouvais donc cela pour le moins surprenant. Je pris donc ma clé et refermant la porte de la chambre derrière moi, je suivis le groom. Nous n'avions pas fait vingt mètres que le groom se mit à courir très vite, s'échappant même par les escaliers de secours! Ce fut si soudain que je n'eus pas le temps de réagir. Stupéfait, je décidais donc de retourner à ma chambre. Une fois sur place, j'appelais la réception pour éclaircir ce mystère mais la jeune fille que j'ai eue sembla aussi étonnée que moi. Personne ne m'attendait dans le lobby, et surtout "je me serais permise de vous appeler à votre chambre M. Huffy" me dit-elle, pleine de bon sens.

- C'était vers 17h00?

C'est à ce moment là que Katrin Hohenauer fit irruption dans la salle du restaurant:

"Il me faut de la bière, blonde de préférence, et un pinceau, vite!"

Cette demande extravagante fut immédiatement prise en compte par M. le Directeur, qui héla un serveur. "Mon petit, apportez ce que Mme Hohenauer demande s'il vous plaît, sans tarder."

Jérôme Saint-Clair ne se laissa pas déconcentrer:

"C'était vers 17h00 M. Huffy?

- Et bien… oui, tout à fait M. Saint-Clair. Je suis heureux de voir que malgré l'importance de l'établissement, vous êtes au courant du moindre fait! Je serai heureux de le noter dans le Journal.

- Merci, vous êtes trop bon M. Huffy. Acceptez surtout nos excuses pour le dérangement subi. Afin que nous puissions prendre les mesures adéquates, pouvez-vous nous décrire le groom, auteur de ce geste inacceptable?

Un serveur apporta à ce moment là une bouteille de bière blonde à l'Artiste, qui indiqua, patiemment lui semblait elle, qu'il manquait le pinceau! Mais pourquoi le commun des mortels n'entendait-il pas les *vraies* urgences? Cela dépassait sa compréhension du Monde.

"Pouvez-vous nous décrire le groom M. Huffy?" continua, impassible Jérôme Saint-Clair.

"Heu… j'avoue que je n'ai pas fait attention messieurs… un groom est un groom. J'ai surtout fait attention à son costume.

- C'était un homme, avez vous dit. Etait-il brun, blond? Grand, petit?"

Jonathan Huffy se gratta la tête: "Il était de taille moyenne, assez mince, brun, je crois… mais vraiment messieurs, je ne saurais vous en dire plus sans me fourvoyer."

Jérôme Saint-Clair savait qu'il n'avait plus beaucoup de temps et décida alors de jouer son va-tout: "Monsieur, un vol a été commis et malheureusement lorsque la Police arrivera, je dois vous avouer que vous ferez partie d'une première liste des suspects et…"

Cette fois, ce fut Jonathan Huffy qui le coupa. "Pardon? Mais qu'est-ce que cette fumisterie? De quel droit vous permettez-vous d'accuser les gens ainsi?". Le ton montait, et les gens autour de nous commençaient à se retourner. "Un vol de quoi d'ailleurs? D'une des croûtes exposées hier? De petites cuillères du restaurant? C'est un scandale, un véritable scandale! Les bras m'en tombent, je ne savais pas que l'Arts et Collections était une telle parodie d'hôtel!".

Katrin Hohenauer le toisa: "Que dis-tu crapeau? Une croûte? Hahaha, ne jamais donner de confiture à des cochons… et encore, j'insulte ces pauvres bêtes qui doivent avoir plus de goût que ce misérable pique-assiette. Enfin peu importe. Par contre, il me faut absolument un pinceau - n'importe quel type de pinceau- si ce n'est pas trop demander?"

Nous n'écoutâmes pas l'Artiste, et fixions Jonathan Huffy, tout occupé avec sa colère. Ce dernier se leva, laissa tomber sa veste par terre "Fouillez messieurs, fouillez!". Sans que nous ayons le temps de réagir, il dézippa sa valise: "Oui, j'ai pris les chaussons, les capsules de café, les thés et les sucres! Mais enfin tout le monde fait cela non? Vous allez appeler la Police pour ça! Allez fouillez, faites votre "travail" si c'est à cela que vous êtes payés!"

M. le Directeur et moi même allions répondre pour demander un peu de calme et indiquer qu'il devait s'agir d'un malentendu mais nous vîmes Saint-Clair, qui n'en demandait pas tant, à quatre pattes en train de fouiller la valise!

Celui-ci se leva alors d'un bond! Dans ses mains, il tenait la Brosse à Dent ainsi que la base avec le diamant!

"Et bien M. Huffy, que signifie cela…"

- Ca fera l'affaire!" coupa Katrin Hohenauer, en prenant la brosse à dent des mains de notre géant. Et elle se précipita vers le lobby. Abasourdis, M. le Directeur et moi même ne pûmes pas bouger devant l'incohérence de la situation. Jérôme Saint-Clair tenait maintenant fermement la base de la brosse à dent d'une main et encore plus fermement le Voleur de l'autre. Ce dernier semblait sous le choc, n'esquissant plus aucun mouvement. L'image même du KO debout.

Au bout d'un moment, nous nous dirigeâmes tous vers le lobby. Tout le restaurant, nous mêmes, clients, serveurs, et rejoignîmes Katrin Hohenauer qui peignait presque violemment, avec la brosse à dent sur son Tableau!

Elle regarda une dernière fois et termina "enfin… je suis épuisée" dit-elle après cet effort qui lui avait semblé long. Tellement long!

J'aidais moi même l'Artiste à se relever, le plus délicatement possible:

"Voici quelques minutes intenses n'est ce pas Madame?

- Vous n'avez vraiment aucune idée du Temps n'est ce pas mon petit monsieur?" sourit-elle faiblement et en me lâchant la main.

Nous regardâmes le Tableau. Quelque chose avait changé, le tableau semblait plus lumineux, plus brillant. Oui, plus brillant.

"Cher Amis, lança, ému aux larmes M. le Directeur, Nous avons pu assister en direct, *en direct*, la fin du travail sur cette œuvre qui traversera les siècles! Nous n'aurions pas pu rêver de plus belle apothéose pour notre réouverture! Merci Mme Hohenauer, Merci!

Les applaudissements retentirent comme jamais dans l'Hôtel Arts et Collections. L'Artiste salua, humble et immortelle, devant l'Œuvre Achevée.

CHAPITRE 12

Titouan Quenner et Simon Berlin avaient terminé leur repas depuis fort longtemps. Les deux hommes profitaient d'une petite boîte de chocolats et de quelques digestifs.

"C'est une histoire assez stupéfiante par bien des points, je vous remercie de l'avoir portée à ma connaissance." commença Berlin.

"Oui, c'est une histoire assez unique, même pour notre Maison. Avions-nous besoin de cela le jour de notre Réouverture? Enfin, cela permettra que nous nous en souvenions....

- Et le dénouement est *vraiment* heureux.

- Nous ne pouvons pas nous plaindre, en effet!

- Il y a certains zones d'ombres tout de même dans cette histoire, et je devine M. Saint-Clair trop perfectionniste pour s'en être tenu là.

- C'est vrai! Il se demande encore comment M. Huffy pouvait-il savoir l'existence même de cette brosse à dent, alors que Mme Clamorin et lui ne se connaissaient ni d'Eve ni d'Adam. D'autre part, comment aurait il fait pour entrer dans la chambre et la prendre? Et bien d'autres questions! Cependant M. le Directeur a formellement demandé que nous en restions là.

- Que devinrent ces deux personnes justement?

- M.Huffy se défendit, arguant du fait qu'il ne savait même pas que cette brosse à dent existait, partant ensuite, et je le regrette voyez-vous, dans la paranoïa la plus absolue. La Police considéra très suspecte son histoire de groom qui était parti en courant; rien et absolument personne ne pouvait confirmer cette histoire. C'est évidemment le fait que la brosse à dent se retrouve dans sa valise qui était assez écrasant, et d'un certain côté le "KeyControl" qui prouvait qu'il était sur les lieux dans un laps de temps où le vol était possible.

Bref, il est libre aujourd'hui, bon tout au plus pour une grosse frayeur et une réputation fort peu recommandable dans le milieu à présent... il eut surtout la chance que Mme Clamorin, souhaitant oublier toute cette histoire ne porte pas plainte. Elle a gardé la brosse à dent, même voyant son état après que Katrin Hohenauer l'ait utilisé... il s'agissait là d'une brosse à dent d'un prix exorbitant qui s'est transformé en un pinceau à la valeur inestimable. Elle rendit même l'argent que lui avait donné M. le Directeur en forme de compensation.

- Bon, tout est bien qui finit bien, donc?

- Oui, nous sommes soulagés." souffla Titouan Quenner.

"Vous connaissez bien entendu le "contrat" qui nous lie, M. Quenner. M'ayant expliqué votre histoire, je suis en droit de m'en servir d'inspiration. Mais étant données l'amitié que j'ai pour M. Hichem, je n'en ferai rien. De manière consciente en tout cas!"

EPILOGUE

M. Quenner reçut six mois plus tard un paquet de Londres. Il l'ouvrit et découvrit un manuscrit de Simon Berlin.

Une lettre accompagnait le paquet:

Cher M. Quenner, que disait Dumas? Que nous pouvions violer l'Histoire à condition de lui faire des beaux Enfants, si je me rappelle bien.

Vous trouverez ci-joint quelques notes suite à votre récit fascinant que vous êtes venu conter à Baker Street. Comme promis, rien ne sera publié. Mais, sentant qu'une grande inspiration me vient à chaque fois que je pense à des récits comme le vôtre, puissent ces quelques feuilles témoigner de ma gratitude pour votre confiance.

Bien à vous,

Simon Berlin

PARTIE II

Extraits de « Das Kind mit seinen Sorgen, Hommage à Katrin Hohenauer » par Simon Berlin

UNE RENCONTRE BIEN MALHEUREUSE - 1995

Il faisait beau ce dimanche matin à Nogent. Victor Simagres était heureux sur ses patins à roulettes, et roulait vite malgré une technique approximative. Après tout, comment pouvait-il se blesser? N'avait il pas presque tout son attirail de protection, casque, genouillères, coudières, et même des protège tibias de footballeurs?

Arrivant sur la place du village trop rapidement, l'adolescent eut alors du mal à freiner et ne put stopper sa course que grâce à un des nombreux platanes qui s'y trouvaient. Le choc fut si violent que le casque s'était fendu et Victor Simagres eut du mal à reprendre ses esprits.

Un groupe de jeunes l'ayant vu s'aplatir sur l'arbre, riaient et se moquaient de l'apprenti acrobate. Un des jeunes, grande tige brune et les cheveux lisses, se moqua de lui. "Mais quel tocard!"

Victor Simagres était sanguin. Pendant qu'il tentait de se relever, tâche rendue ardue par les patins à roulettes et une partie du casque qui lui tombait sur les yeux, il discerna cinq personnes, quatre garçons et une fille. Puis il apostropha celui qui l'avait insulté.

"Si je t'attrape, je te balance dans l'Oise, connard!"

"Ooh, Jean, tu te laisses parler comme ça! C'est un truc qui m'aurait pas plus..." lui souffla sa copine en tripotant un des nombreux bijoux qu'elle portait.

La grande tige brune se détacha de la jeune fille avec qui il était entrelacé, pour s'approcher du jeune Simagres, qui faisait l'aller retour entre le bitume et les airs. Sans autre forme de procès il lui assena un grand coup de poing sur le visage puis des coups de pied, rageux. Certains atteignaient leur cible, d'autres fendaient l'air.

"Tape plus fort, vise mieux, il faut que tu impressionnes ta copine, connard!" disait Simagres qui restait à terre se protégeant des coups.

Ledit Jean se retourna vers ses camarades "Et vous, vous faites rien ? Allez, venez vous occuper de cette petite raclure!"

Malgré cet appel à l'humiliation, aucun des autres garçons ne s'approchèrent pour se joindre à la pluie de coups qui s'abattaient sur le pauvre Victor Simagres. Celui-ci, le souffle haletant et le visage tuméfié criait: "Frappe, frappe bien... fort... fils de lâche... parce que si je t'attrape... si je t'attrape... je te jure, je ne te raterai pas..."

Au bout de quelques instant, un des jeunes, aux cheveux roux se leva pour tenter d'apaiser la situation "Arrête, mais arrête Jean, c'est bon, ça sert à quoi...?" Mais les vannes de la violence étaient ouvertes, et cette petite voix raisonnable ne touchait personne.

Ledit Jean ne s'arrêta de frapper que pour constater que le jeune provocateur ne bougeait plus, inanimé.

"Quelle victime... t'as vu comment je l'ai défoncé, hein Rachel?" fit la grande tige, prenant par la taille la jeune fille qui faisait désormais semblant de sourire. L'agresseur et ses complices passifs s'éloignèrent rapidement, prenant conscience de ce qui venait de se passer. Craignant peut être que des gens n'arrivent.

Seul le jeune rouquin qui avait essayé de calmer la situation resta auprès de l'adolescent à terre. Il ne savait pas quoi faire, si aller chercher de l'aide et le laisser seul, ou alors rester auprès de lui. Décision irrationnelle peut être, mais il choisit de l'installer en position assise, adossé à un arbre.

Une éternité passa, et Victor Simagres ouvrit enfin les yeux. Mais ne put bouger ni ses bras ni ses jambes qui lui faisaient horriblement mal.

"Comment tu t'appelles?" souffla Victor Simagres.

"Vincent, je m'appelle Vincent," répondit-il "J'attendais que tu te réveilles...

- Je ne dormais pas... le nom du connard, c'est quoi?

- Jean, Jean Lemercier. Mais il n'est pas méchant, il voulait juste faire le malin...

- Il a pu me défoncer à cause de ces putains de rollers... La fille avec ses bijoux là, le sapin de Noel, ça s'appelle comment?

- C'est Rachel, Rachel Clamorin."

Un long silence lugubre s'ensuivit. Les deux jeunes restaient assis, et ce fut encore Victor Simagres qui ouvrit la bouche:

"J'ai faim, tu as un truc à grailler?

- Heu, j'ai juste un Crunch" fit le rouquin en le lui tendant.

RESOLUTION DU PENSE-BÊTE-1995

Victor Simagres fut emmené à la Clinique du Conti, ou il lui fut diagnostiqué entre autre des côtes fêlées, une luxation de l'épaule droite, mais surtout un traumatisme crânien.

Étant resté en observation, sans rien à faire, Simagres ne bougeait pas de son lit. Il transpirait. Il cherchait à se souvenir de certains événements récents, qu'il pouvait effleurer, qu'il sentait là, *juste à côté*....mais qui s'évanouissaient. Pourquoi s'était-il cogné contre un arbre? Combien de personnes étaient là au moment de son agression? Comment s'appelait le jeune qui était resté avec lui? Le puzzle était incomplet, et il n'arrivait pas à mettre la main sur les pièces manquantes. Pour une raison étrange, seul le nom de Rachel Clamorin revenait, et il voyait parfaitement, clairement la situation d'alors, avec cette fille jouant négligemment avec ses bijoux:

"Ooh, Jean, tu te laisses parler comme ça! C'est un truc qui m'aurait pas plus..."

"Effectivement, des troubles de la mémoire sont une des conséquences d'un traumatisme crânien. En l'occurrence, c'est la mémoire épisodique qui est…

- Docteur, concrètement c'est quoi?" le coupa Victor Simagres.

" Et bien... que le choc encaissé fait qu'en quelque sorte, la récupération de certains souvenirs personnels soit disons, entravée. Si je peux vous rassurer, cela est temporaire dans une grande majorité des cas.

- Donnez-moi vite des feuilles, quelque chose pour noter!

- Ne vous mettez pas une pression supplémentaire jeune homme, il se peut que tout revienne normalement et…

- Oui, mais il se peut aussi que ça ne revienne pas, vous l'avez sous entendu vous même. Et je veux de quoi écrire, maintenant. S'il vous plaît."

Un interne lui apporta quelques minutes plus tard un feutre et des post-it. Il en prit un et y écrivit dessus "JEAN…" en gros, puis un second avec Rachel Clamorin en plus petit. Plus petit qu'il n'aurait peut être voulu. Mais il avait fait ce qu'il avait pu. Et comme s'il s'était agi d'un effort surhumain, il s'endormit.

Quelques mois passèrent, et le cours de la vie avait repris normalement. Sauf que Victor Simagres n'avait toujours pas recouvré l'ensemble de ses souvenirs. Certaines bribes revenaient, d'autres résistaient encore. Il allait certes mieux mais il avait eu peur, très peur. Et il ne voulait surtout rien oublier. Qui sait si cette absence de souvenirs revenait? Que faire s'il n'arrivait pas à se rappeler de passages de sa propre vie? Alors il avait appris à noter ce qui lui semblait important, surtout ce qu'il estimait être des griefs pour lesquels une réparation lui semblait une question essentielle. Rancunier, il écrivit surtout sa rancune. Exacerbée par la peur de l'oubli.

C'est en rentrant chez lui un soir après son entraînement de football qu'il décida de s'occuper du premier des post it qu'il avait écrit, et qui avaient engendré d'autres sur le mur en face de son bureau. "JEAN…"

La police de Nogent reçut un appel leur indiquant de se rendre de toute urgence dans la forêt de la Garenne, précisément entre le chemin de la Grande Brière et la D922.

C'est là que fut retrouvé Jean Lemercier attaché à un arbre, nu, le ventre contre le tronc. Il avait manifestement été roué de coups. Sur sa joue droite était tatoué maladroitement le mot "lâche" et sur sa joue gauche était tatoué le mot "con".

"Tin…" lâcha un des policiers qui détachaient le jeune homme encore en état de choc…."il va falloir qu'il porte la barbe le pauvre pour cacher ces tatouages".

"D'accord, d'accord, d'accord… pas le front… pas le front… je ne dirai rien, pas le front…" continuait de pleurer Jean Lemercier, misérable. Aucun autre mot ne sortit de ses lèvres et plus jamais il ne fit allusion à ce qui avait pu lui arriver.

Cet incident mystérieux fit tellement grand bruit, que devant cette violence qui fit peur à bon nombre des habitants de Nogent, il y eut même une manifestation pour exiger à la police de protéger davantage ses habitants, et surtout ses jeunes. Victor Simagres, de son côté barra pour la première fois *un* nom sur son mur, et l'effet que cela lui fit fut indescriptible. Comme un soulagement vertigineux, comme si son esprit s'était délesté d'un poids insupportable. Et il crut que cela était bon.

L'AFFRONT DE JONATHAN HUFFY - 2006

Erasmus. Barcelone. Six mois. De quoi faire rêver les étudiants du monde entier. Pour tous, c'eût été synonyme de fêtes continues, d'échanges...

Pour tous? Non! Un jeune homme résistait encore et toujours à la joie de ces échanges universitaires et ne souhaitait qu'une seule chose: rentrer dans sa bonne ville de Paris.

Une seule pensée l'obsédait: "il faut que je me casse, il faut que je me casse..."

Victor Simagres partageait avec deux autres étudiants, un italien Salvatore Inendone et un Nord-Américain Jonathan Huffy, un logement Carrer de los Castillejos, à quelques pas de la fameuse Sagrada Familia. Les trois comparses avaient un emploi du temps assez chargé, entre leurs cours, leurs fêtes et leurs amitiés sur place.

L'atmosphère était normalement calme dans l'appartement: en règle générale, Inendone dormait une grande partie du temps, Simagres était dans le salon en train d'écouter de la musique ou de fumer; et Huffy rêvait d'une colocation plus souriante, plus "friendly".

Combien de fois n'avait-il pas sorti son Didjeridoo et commencé à jouer? A chaque fois, c'était le même retour: "enferme moi ce tronc d'arbre et fais toi le plus silencieux possible". Combien de fois n'avait-il pas proposé de faire un jeu de société afin de briser ce qui lui semblait la colocation la plus triste du monde? Un regard puis un silence désapprobateur était tout ce qu'il en récoltait.

Ce soir là, Jonathan Huffy avait décidé de sortir le grand jeu. Il savait parfaitement qu'Inendone et Simagres aimaient manger. D'ailleurs, ne sortaient-ils pas toujours tous les deux manger sans même l'inviter? Cette fois, il était certain de taper dans le mille.

"Les amis!" commença Jonathan

- Je ne suis pas ton ami." souffla Salvatore Inendone

"Bon...les gens", toussota-t-il, "ce soir je vous prépare ma spécialité: filet de cabillaud aux agrumes.

- Je suis partant pour le poisson, j'ai faim. Mais pas d'agrumes ou de machin. Avec du riz ce sera parfait. Ce sera prêt dans combien de temps?" demanda Simagres.

- Dans environ quarante cinq minutes, on se mettra alors à table!" dit Huffy qui se dirigea enthousiaste vers la cuisine.

Victor Simagres regardait un match de football à la télévision. Inendone, adorant également ce sport, prit deux bières et s'installa sur le sofa. Le match était plaisant à voir mais les deux colocataires avaient faim.

"C'est la mi temps!" indiqua Inendone à Hufftutler, "c'est prêt? Je mets la table!

- Non, non, je m'en charge. Vous êtes les hôtes de "Can Jonathan" haha!

- OK... mais grouille toi car on a vraiment la dalle. Si tu as besoin d'aide, dis-moi, et on vient, ou on va chercher un truc!

- Il a pas besoin d'aide Salva il te dit! Viens, la seconde mi temps va commencer!" cria Victor Simagres depuis le salon.

Le match était sur le point de se terminer, plus que quelques minutes, lorsque Huffy apparut avec un plat qu'il posa à table. Après l'avoir posé, il prit la télécommande et éteignit la télévision "pas de foot dans mon restaurant!"

"Il est con ou quoi?" demanda Inendone à Simagres lorsque Huffy retourna chercher du poivre en cuisine.

"Je sais pas... Laisse... allez on commence." répondit Simagres.

Jonathan Huffy, revenu, il se mit à servir le poisson et le riz.

Les trois colocataires se mirent à manger lorsque soudain Inendone remarqua "Mais il est encore cru ce poisson! Il est cru....mais comment c'est possible de louper un poisson, qu'il suffit de laisser juste un peu moins d'une heure au four? Tu rajoutes un filet d'huile d'olive, un peu de poivre et basta!

- C'est vrai" renchérit laconiquement Simagres

"Vous exagérez les gars! C'est vrai qu'il n'est pas "à point", mais il est bien mangeable quand même!" tenta de se défendre Huffy.

Victor Simagres, qui jusque là avait été calme s'emporta quelque peu, en se recoiffant nerveusement: "Mais c'est pas une viande putain! Et il faut dire ce qui est, il est dégueulasse ce poisson. Résultat des courses: avec tes conneries, on a pas vu la fin du match, on a pas dîné et on a un appartement qui pue. Tu vas arrêter toute initiative, tu vas te transformer en plante et tu ne vas rien faire de plus aujourd'hui."

Jonathan éclata de rire. Il pensait, mais c'était pour le coup faire preuve d'un manque grave de discernement, que Simagres plaisantait. En lui tapotant le bras, il aggrava son cas:

"Je ne comprends pas pourquoi tu t'énerves chérie, ta coupe de cheveux est magnifique! Le coiffeur a parfaitement réussi ta teinture! Allez, fais moi le plaisir d'ouvrir ta petite bouche et de manger ce que papa a préparé". Il est vrai qu'il était allé chez le coiffeur cet après midi là. Il est vrai aussi que les cheveux de Victor Simagres étaient de couleur noire, d'un noir très profond, à la limite des reflets bleus. Mais aussi noirs fussent-ils, ce ne fut en comparaison au regard qu'il lança à Jonathan Huffy. Un regard que ce dernier mit vraiment beaucoup de temps à oublier.

Inendone, devinant un mauvais coup, allait s'interposer lorsqu'il vit Victor Simagres se lever de table pour simplement aller dans sa chambre où il s'enferma. Il en sortit quelques minutes plus tard avec une valise. Il sortit de l'appartement. Ses deux colocataires ne le revirent plus jamais.

LA COURSE DU GROOM

Victor Simagres avait imprimé la rooming list actualisé de l'hôtel Arts et Collections, ainsi que les notes internes indispensables, qu'il avait reçu des services de l'hôtel pour la grande réouverture. Il était vraiment heureux de compter cet hôtel parmi ses clients et tenait beaucoup à offrir le meilleur service possible. Son entreprise de personnel de nettoyage était une des plus réputées de la capitale pour un travail impeccable et il se réjouissait que son portefeuille clientèle aille en grandissant.

Il allait envoyer les informations à son responsable logistique, qui se chargeait des plannings de toutes les femmes de chambres:

"Richard, je te laisserai regarder ton courriel, tu vas avoir les infos pour ce soir pour l'Arts et Collections.

- Ca marche patron!

- Fais gaffe, très grosse soirée, très importante et..."

Son souffle fut coupé lorsqu'en parcourant la liste d'un œil il put voir les noms de Jonathan Huffy et Rachel Clamorin. Il était assis, mais sa tête tournait, vite. Très vite. Comment cela pouvait être possible?

"Vous m'envoyez les listes patron?" Son plus proche collaborateur l'avait sorti de ses pensées.

"Richard, c'est un événement important, et justement, je suis en train de voir que le proprio de l'hôtel souhaite que je sois là en personne. Ca ne sert pas à grand chose que nous y soyons à deux. Prends plutôt Michel et emmène le au cinéma, je sais que vous adorez ça! Ou mieux, tu peux lui offrir une soirée romantique, ca fait longtemps que tu n'as pas pris de soirée pour vous deux. La dernière fois c'était quand? L'an dernier, quand vous vous êtes mariés?

- Merci beaucoup patron. Et c'est vrai que ca va lui faire plaisir. Et bonne chance pour ce soir. Si vous avez besoin de moi, n'hésitez surtout pas s'il vous plaît. Vous savez qu'à n'importe quelle heure, je suis là pour vous."

Victor Simagres sourit "A demain Richard."

Il était 11h30 lorsqu'il arriva à l'hôtel Arts et Collections, il constata avec plaisir que son staff était déjà sur place, recevant les ordres et consignes de la responsable de l'hébergement. Il la salua, ainsi que le responsable de la sécurité, Jérôme Saint-Clair.

"Bonjour M. Simagres, je suis content de vous voir!

- Comment allez-vous M. Saint-Clair? Je me suis permis de venir moi même étant donnée l'importance de cette soirée. Je suis venu m'assurer personnellement que tout roule parfaitement, comme prévu.

- Nous savons que le service sera de qualité, comme d'habitude. Et le fait que vous soyez là nous rassure doublement. Si vous voulez manger quelque chose ou vous restaurer, allez au Purple et dites qu'ils chargent le tout sur ma note.

- Merci beaucoup M. Saint-Clair.

- Merci à vous M. Simagres." fit le responsable sécurité en s'éloignant.

Il était excité et ne savait toujours pas comment profiter de cette situation tendue par le destin. Il n'avait rien préparé, mais il ne *pouvait pas* laisser passer une occasion pareille. Voyant que son staff avait le calme des vieilles troupes et constatant que son collaborateur Richard n'avait mis "que du lourd" sur cette mission, il se dirigea vers le Purple Bar.

Il prit un croque madame et une eau gazeuse. "Si je prends une entrecôte et un vin hors de prix, l'ami Saint-Clair va faire la tronche, et surtout il ne va plus m'inviter, et ce serait dommage."

Son cœur battait la chamade et il ne savait toujours pas comment il allait s'y prendre. Il reprit la rooming list que lui avait donnée la responsable de l'hébergement, ainsi qu'une "master", cette clé pouvait ouvrir toutes les chambres de l'hôtel. Et comment ne pas voir que les astres continuaient à s'aligner? Jonathan Huffy avait la chambre 501 et Rachel Clamorin la 526; ils étaient tous les deux au même étage, au 5ème!

Il regarda sa montre. Il était déjà 14h45. C'est alors qu'il sentit se mettre comme en pilote automatique, et prit l'ascenseur jusqu'au 5ème et attendit patiemment devant l'ascenseur de service réservé au personnel. Quelque chose se passerait, il pouvait le sentir.

Il s'approcha doucement de la chambre 526, et se cacha derrière l'angle du couloir. Il mit des gants noirs et légers et attendit, attendit... quelques minutes qui lui semblèrent interminables. "Un chasseur, ça se fait drôlement chier quand même" pensa t il. Il entendit alors des voix et pu apercevoir alors le propriétaire de l'hôtel M. Jocona ouvrir la porte de la chambre de Rachel Clamorin, qui entra dans sa chambre.

"Chère amie, je vous laisse vous installer et apprécier nos nouvelles chambres! Puis-je vous inviter ensuite à boire un verre au Bar?

- Merci beaucoup Hichem! Malheureusement, j'ai rendez vous avec mon producteur dans quelques minutes, à 15h30... pour un rendez vous long, pénible mais nécessaire. J'espère pouvoir ce soir?

- Mais il ne pourra en être autrement chère Rachel! Nous profiterons d'une magnifique soirée. J'appelle de suite pour qu'ils vous mettent à disposition le salon Lafayette, vous y serez plus à l'aise pour discuter. Et je vous dis à tout à l'heure.

- Merci beaucoup Hichem, à tout l'heure." Ce dernier s'éloigna et Victor Simagres vit la porte de la chambre 526 se fermer doucement, tout doucement. Une idée commença à germer dans son esprit. Peut être n'aurait-il pas besoin de la clé master. Cela éviterait pour sûr un tas de complications inutiles…

C'est quelques minutes à peine avant 15h30 que Rachel Clamorin sortit de sa chambre en grande hâte sans regarder derrière elle.

C'était le *moment*, tant espéré par Victor Simagres, qui attendit le dernier instant pour voir Rachel Clamorin disparaître vers les escaliers dont l'accès était juste à côté de sa chambre pour bondir tel un félin et bloquer la porte avec son pied juste avant que celle-ci ne se referme. Il regarda derrière lui, s'assura qu'il n'y avait personne, qu'il n'y avait aucun bruit suspect. Rien.

Il entra. Ca y est, il y était. Sans savoir encore précisément quoi faire. Mais il allait trouver. Il regarda tout autour de lui sans rien toucher et en bougeant le minimum. Autour de lui des vêtements, surtout des robes jetées sur le lit. Sur le bureau, posées, des boucles d'oreilles, des colliers. "Pas mal, il y a déjà de quoi faire" sourit Simagres qui prit une grande inspiration. Il put alors, en plus d'une odeur de café, y respirer les effluves de parfum qu'il avait déjà senti dans le couloir. Peut être est-ce ce qui le fit se diriger vers la salle de bain? En tout cas c'est là qu'il vit la brosse à dent. "Mais c'est un véritable trésor ça, quel bijou!". Victor Simagres saisit immédiatement que cet objet était d'une grande valeur et sans plus réfléchir, le prit avec lui. Sans plus rien regarder, il sortit de la chambre sans un bruit.

Tout en sortant, il se dit que la fortune lui souriait aujourd'hui. Peut être que l'invité de la chambre 501 sortirait également et là… là il comprit ce qu'il allait faire. Il se mit en faction devant l'ascenseur de service et réfléchit à comment il pouvait faire pour simplement savoir si Jonathan Huffy était arrivé. Il allait appeler la responsable de l'hébergement mais il se ravisa. Eviter quelle que trace que ce soit, éviter de montrer tout intérêt, même infime, pour le 5ème étage.

Victor Simagres décida alors de redescendre. Une fois en bas, il traversa lobby, feignant la tranquillité la plus absolue, pour se rendre dans la salle du personnel, derrière la réception.

Là il vit, *comme d'habitude*, les costumes des personnels de l'ensemble de l'hôtel, dont sa société gérait le nettoyage et la livraison. Il regarda machinalement autour de lui. Personne ne faisait attention à lui, les gens sur place semblaient commencer à être tendus et concentrés par la soirée à venir. Il prit un uniforme de groom qu'il mit dans un grand sac, avec la Brosse à Dent, et l'air de rien, et sortit.

"Monsieur Simagres, tout va comme nous voulons?" Il se retourna et put voir la responsable de l'hébergement.

"Tout va parfaitement bien, comme prévu. Nous sommes bien en place, hâte que le spectacle commence", sourit Victor Simagres.

"Ah oui, j'ai hâte aussi. Hâte surtout que ça se termine!" conclut avec un clin d'œil la responsable de l'hébergement en se dirigeant vers ses collègues de réception.

Victor Simagres regarda sa montre. Il était 16h50. Il avait l'impression d'être arrivé depuis une éternité à l'hôtel. Il alla aux toilettes pour enfiler l'uniforme de groom subtilisé. Il bloqua la porte de l'intérieur, afin d'y laisser certaines de ses affaires. Pour sortir, les portes des toilettes n'allant ni jusqu'en haut ni jusqu'en bas, il avait le choix: soit se mettre à plat ventre et ramper; ou alors passer par dessus au prix d'une certaine acrobatie. Victor Simagres était fier et de complexion souple et décida donc de passer par dessus. Si tout se passait bien, il serait de retour rapidement. Il prit de suite l'ascenseur pour remonter au 5ème étage. Il n'avait cette fois croisé personne, heureusement!

Arrivé devant la porte de la chambre 501, il prit une grande inspiration et toqua à la porte:

"Service"

Quelques secondes, longues. Il entendit des pas. La porte s'ouvrit.

"Bonjour grand con" pensa Victor Simagres. "Bonjour Monsieur" dit le groom à Jonathan Huffy, lequel avait les yeux rivés sur son téléphone. "Le rendez-vous de Monsieur est arrivé et vous attend en réception.

- Mais je n'attends personne, je n'ai pas de rendez-vous!" répondit Jonathan Huffy en jetant un coup d'œil, *bref*, à son interlocuteur. Son téléphone eut de suite toute son attention de nouveau.

"Ah... Bien monsieur. Ce monsieur a pourtant bien demandé pour M. Jonathan Huffy. Je suis navré pour le dérangement et vais lui dire immédiatement que Monsieur est indisponible.

- Non, attendez... très bien allons-y. Laissez moi prendre ma clé, et je vous suis."

Victor Simagres avait eu le temps de voir la chambre. Et ce qui avait retenu son regard était une énorme valise rouge. Et il était venu seul. Très bien. Il reviendrait tout à l'heure.

"Allons-y" fit impétueux Jonathan Huffy en fermant bien la porte de sa chambre. Quelques pas et soudain le groom commença à courir. Très vite. Trop vite pour un Jonathan Huffy décontenancé. Il eut juste le temps de le voir disparaître par les escaliers.

"Mais qu'est ce que cette mauvaise blague? Ils vont m'entendre en réception..." pensa Huffy qui regagna sa chambre, visiblement énervé.

Pendant ce temps, Victor Simagres était retourné aux toilettes afin de reprendre ses effets, se changer et abandonner cette identité temporaire.
Maintenant qu'il avait reconnu les lieux, bien visualisé la chambre 501, et vérifié qu'il serait bien seul dans cette chambre...et bien il n'y avait plus qu'à attendre.

Il décida de se détendre et de profiter du moment. Pourquoi d'ailleurs ne pas profiter pleinement du moment et de l'exposition qui allait se dérouler? Il faudrait être discret, il n'avait pas du tout suivi le dress code exigé, et c'était même mieux que ses clients, les responsables de l'hôtel, ne le voient pas se gaver de champagne et de petits fours, mais il pouvait peut-être se mettre dans un coin à côté de la réception et voir le spectacle...

Il ne fut pas déçu lorsqu'il vit apparaître Rachel Clamorin blanche comme un linge, faire un bel esclandre, et se faire quasiment transporter par Jérôme Saint-Clair vers le Purple Bar, suivis d'une petite troupe manifestement inquiète.

Un sourire illuminait le visage de Victor Simagres, il ne s'était pas trompé sur la valeur de l'objet.

Tout fonctionnait à merveille et il parcourut la salle des yeux. "Où es-tu grand con…" pensa-t-il. Il localisa Jonathan Huffy collé à un des buffets en train de s'empiffrer.

Tout était parfait! Il regarda sa montre et il décida de ne plus tarder. Il était 20h25 et le ballet de son personnel allait commencer au 1er étage. Il allait pouvoir s'assurer que le travail soit effectué de la meilleure des manières; après tout, n'était-il pas venu pour cela aussi?

C'est avec la plus grande satisfaction qu'il constata que l'équipe en place tournait comme une horloge suisse. Les étages étaient avalés à un rythme soutenu sans aucune intervention nécessaire de sa part. Tout au plus Victor Simagres entrait et jetait un œil à certaines chambres, mais surtout encourageait son personnel au travail. Qui mettait alors encore plus de cœur à l'ouvrage.

C'est à 21h50 que le service du 5ème étage commença. Arrivée devant la 501, une des femmes de chambre toqua à la porte machinalement et y entra afin d'y faire le service nécessaire. Victor Simagres attendit environ 5 minutes pour y entrer.

"Tout se passe bien ici?" demanda-t-il.

"Pas de problème, Monsieur Simagres. Le client est un cochon, je vais devoir passer un peu plus de temps ici." répondit la femme de chambre depuis la salle de bain.

- C'est entendu; ne vous en faites pas. Je dis à l'équipe de continuer à bien avancer."

Pendant qu'il parlait, Victor Simagres avait repéré la valise rouge. Il l'ouvrit et sans perdre un instant, il dissimula la brosse à dent dans un des nombreux compartiments de la valise, celui qui lui semblait le moins évident à ouvrir.

Puis il sortit. Ce n'est qu'à la fin du service qu'il s'autorisa à enlever ses gants. Ses mains n'étaient même pas moites.

En rentrant chez lui, il barra deux noms, et s'endormit paisiblement, avec un grand sourire qui ne le quitta plus jusqu'au matin. Quelle belle soirée!

Saint Maur, Avril 2020